F. M. Dostojewski

# Ein schwaches Herz

---

Ф. М. Достоевский

# Слабое сердце

CLASSIC PAGES

F. M. Dostojewski/Ф. М. Достоевский

**Ein schwaches Herz/Слабое сердце**

zweisprachige Ausgabe/двуязычное издание

*Reihe: classic pages*

Auflage 2010  |  ISBN: 978-3-86741-531-6

© Europäischer Hochschulverlag GmbH & Co KG

Umschlag: Ausschnitt aus dem Gemälde „Das Porträt von M.J. Lvova" von W. A. Serow/Обложка: „Портрет М. Я. Львовой" В. А. Серова.

www.classic-pages.de

# Ein schwaches Herz

## Слабое сердце

Unter dem gleichen Dache, in der gleichen Wohnung, im gleichen vierten Stock wohnten zwei junge Beamte und Kanzleikollegen: Arkadij Iwanowitsch Nefedewitsch und Wassja Schumkow ... Natürlich erachtet es der Autor für notwendig, dem Leser zu erklären, warum der eine Held mit seinem vollen Namen, der andere dagegen mit dem Diminutiv genannt wird; er müsste es schon aus dem einen Grunde tun, weil ihm sonst diese letztere Form als unanständig und plump vertraulich übel genommen werden kann. Doch zu diesem Behufe müsste er zunächst den Rang, das Alter und den Beruf einer jeden der handelnden Personen angeben; da es aber allzu viel Schriftsteller gibt, die ihre Erzählungen mit derartigen Charakteristiken beginnen, hat sich der Autor der vorliegenden Novelle entschlossen, nur um den andern nicht zu gleichen (manche werden sagen: um seiner grenzenlosen Einbildung Genüge zu tun), direkt mit der Handlung einzusetzen. Nach dieser Einleitung beginnt er wie folgt.

Schumkow kam am Silvesterabend, so gegen sechs Uhr, nach Hause. Arkadij Iwanowitsch, der gerade auf dem Bette lag, erwachte und blickte mit noch schläfrigen Augen seinen Freund an. Er stellte fest, dass dieser seinen besten Zivilanzug trug und ein blendend weißes Vorhemd anhatte. Das versetzte ihn natürlich in Erstaunen: Wo mag er in diesem Aufzuge gewesen sein? Auch hatte er heute nicht zu Hause gegessen! Schumkow steckte indessen eine Kerze an, und Arkadij Iwanowitsch erriet sofort, dass sein Freund ihn, gleichsam unbeabsichtigt und zufällig, wecken wollte. Wassja hüstelte auch tatsächlich zweimal, ging zweimal durchs Zimmer und ließ schließlich ganz zufällig seine Pfeife, die er in der Ecke neben dem

Под одной кровлей, в одной квартире, в одном четвертом этаже жили два молодых сослуживца Аркадий Иванович Нефедевич и Вася Шумков... Автор, конечно, чувствует необходимость объяснить читателю, почему один герой назван полным, а другой уменьшительным именем, хоть бы, например, для того только, чтоб не сочли такой способ выражения неприличным и отчасти фамильярным. Но для этого было бы необходимо предварительно объяснить и описать и чин, и лета, и звание, и должность, и, наконец, даже характеры действующих лиц; а так как много таких писателей, которые именно так начинают, то автор предлагаемой повести, единственно для того чтоб не походить на них (то есть, как скажут, может быть, некоторые, вследствие неограниченного своего самолюбия), решается начать прямо с действия. Кончив такое предисловие, он начинает.

Вечером, накануне Нового года, часу в шестом, Шумков воротился домой. Аркадий Иванович, который лежал на кровати, проснулся и вполглаза посмотрел на своего приятеля. Он увидал, что тот был в своей превосходнейшей партикулярной паре и в чистейшей манишке. Это, разумеется, его поразило. «Куда бы ходить таким образом Васе? да и не обедал он дома!» Шумков между тем зажег свечку, и Аркадий Иванович немедленно догадался, что приятель собирается разбудить его нечаянным образом. Действительно, Вася два раза кашлянул, два раза прошелся по комнате и, наконец, совершенно нечаянно выпустил из рук трубку, которую бы-

Ofen zu stopfen begonnen, auf den Boden fallen. Arkadij Iwanowitsch musste innerlich auflachen.

»Wassja lass die Komödie!«

»Du schläfst nicht, Arkascha?«

»Bestimmt kann ich es nicht sagen; ich glaube aber, dass ich nicht schlafe.«

»Ach, Arkascha! Guten Abend, mein Teurer! Ja, Bruder! Ja! Du ahnst noch gar nicht, was ich dir erzählen werde!«

»Nein, das ahne ich wirklich nicht! Komm aber etwas näher zu mir.«

Wassja kam sofort näher, als hätte er auf diese Aufforderung nur gewartet; allerdings war er auf die heimtückischen Absichten seines Freundes nicht gefasst. Dieser packte ihn sehr geschickt bei der Hand, drehte ihn um, fiel mit seiner ganzen Körperschwere über ihn her und begann das unglückliche Opfer zu würgen; das schien dem lustigen Arkadij Iwanowitsch ein unbeschreibliches Vergnügen zu machen.

»Nun hab ich dich!« rief er. »Nun habe ich dich!«

»Arkascha! Was tust du mit mir! Lass mich um Gottes willen los, so wirst du mir meinen Frack schmutzig machen!«

»Macht nichts! Was brauchst du den Frack? Warum bist du so leichtgläubig und gibst dich mir selbst in die Hände? Sag einmal: wo warst du? Wo hast du zu Mittag gegessen?«

»Arkascha, um Gottes willen! Lass mich los!«

»Wo hast du gegessen?«

»Das ist es ja, was ich dir erzählen will!«

»Also erzähle!«

»Lass mich erst los!«

ло стал набивать в уголку, возле печки. Аркадия Ивановича взял смех про себя.

— Вася, полно хитрить! — сказал он.

— Аркаша, не спишь?

— Право, наверно не могу сказать; кажется мне, что не сплю.

— Ах, Аркаша! здравствуй, голубчик! Ну, брат! Ну, брат!.. Ты не знаешь, что я скажу тебе!

— Решительно не знаю; подойди-ка сюда. Вася, как будто ждал того, немедленно подошел, никак не ожидая, впрочем, коварства от Аркадия Ивановича. Тот как-то преловко схватил его за руки, повернул, подвернул под себя и начал, как говорится, «душить» жертвочку, что, казалось, доставляло неимоверное удовольствие веселому Аркадию Ивановичу.

— Попался! — закричал он, — попался!

— Аркаша, Аркаша, что ты делаешь? Пусти, ради бога, пусти, я фрак замараю!..

— Нужды нет; зачем тебе фрак? Зачем ты такой легковерный, что сам в руки даешься? Говори, куда ты ходил, где обедал?

— Аркаша, ради бога, пусти!

— Где обедал?

— Да про это-то я и хочу рассказать.

— Так рассказывай.

— Да ты прежде пусти.

»Das will ich eben nicht! Ich lass dich nicht los, bevor du es mir erzählt hast!«

»Arkascha, Arkascha! Verstehst du denn selbst nicht, dass ich in dieser Lage nichts erzählen kann, dass es ganz unmöglich ist!« schrie der schwächliche Wassja, indem er vergebliche Anstrengungen machte, sich aus den starken Tatzen seines Freundes und Gegners zu befreien. »Denn es gibt Materien ...«

»Was für Materien?«

»Nun, Materien, über die man in solcher Situation nicht sprechen kann: sonst verliert man eben jede menschliche Würde; es geht wirklich nicht! Es würde lächerlich erscheinen, doch die Sache ist durchaus nicht lächerlich, sondern bitterernst!«

»Das Ernste mag der Teufel holen! Was dir nicht einfällt! Du sollst mir die Sache so erzählen, dass ich dabei lachen kann! Ich mag nichts Ernstes hören! Was wärest du sonst für ein Freund? Sag nun selbst: was wärest du für ein Freund? He?«

»Arkascha! Ich kann es nicht, bei Gott!«

»Keine Widerrede!«

»Also gut, Arkascha!« begann Wassja, der quer auf dem Bette lag und sich die größte Mühe gab, seinen Worten eine gewisse Würde zu verleihen. »Arkascha! Ich werde es dir vielleicht sagen, doch ...«

»Nun?«

»Ich habe mich verlobt!«

Arkadij Iwanowitsch sagte kein Wort. Er nahm Wassja, der durchaus nicht klein, sondern recht lang, nur etwas mager war, auf die Arme und begann ihn mit großem Geschick auf- und abzutragen und wie ein Kind zu wiegen.

— Так вот нет же, не пущу, пока не расскажешь!

— Аркаша, Аркаша! Да понимаешь ли ты, что ведь нельзя, никак невозможно! — кричал слабосильный Вася, выбиваясь из крепких лап своего неприятеля, — ведь есть такие материи!..

— Какие материи?..

— Да такие, что вот о которых начнешь рассказывать в таком положении, так теряешь достоинство; никак нельзя; выйдет смешно — а тут дело совсем не смешное, а важное.

— И ну его, к важному! Вот еще выдумал! Ты мне рассказывай так, чтоб я смеяться хотел, вот как рассказывай; а важного я не хочу; а то какой же ты будешь приятель? Вот ты мне скажи, какой же ты будешь приятель? А?

— Аркаша, ей-богу, нельзя!

— И слышать не хочу...

— Ну, Аркаша! — начал Вася, лежа поперек кровати и стараясь всеми силами придать как можно более важности словам своим. — Аркаша! я, пожалуй, скажу; только...

— Ну что!..

— Ну, я помолвил жениться!

Аркадий Иванович, не говоря более праздного слова, взял молча Васю на руки, как ребенка, несмотря на то что Вася был не совсем коротенький, но довольно длинный, только худой, и преловко начал его носить из угла в угол по комнате, показывая вид, что его убаюкивает.

»Gleich werde ich dich, du Bräutigam, wie einen Säugling einwickeln!« sagte er dabei. Als er aber sah, dass Wassja ganz regungslos und stumm in seinen Armen lag, besann er sich und merkte, dass er in seinem Scherze doch zu weit gegangen war; er stellte seinen Freund mitten im Zimmer hin und drückte ihm einen durchaus herzlichen und freundschaftlichen Kuss auf die Backe.

»Wassja, du bist doch nicht böse?«

»Hör einmal, Arkascha ...«

»Nun, vergib es mir des Sylvesters wegen!«

»Ich bin ja nicht böse; warum bist du aber so verrückt und ausgelassen? Wie oft hab ich es dir schon gesagt: das ist gar nicht witzig, bei Gott, gar nicht witzig!«

»Also böse bist du mir nicht?«

»Nein ... Auf wen bin ich je böse?! Doch du hast mich gekränkt, verstehst du das?!«

»Gekränkt? Auf welche Weise?«

»Ich bin zu dir gekommen wie zu einem Freund, mit vollem Herzen, um dir meine Seele auszuschütten und von meinem Glück zu erzählen ...«

»Von was für einem Glück? Warum sagst du das nicht gleich?«

»Ich heirate doch!« antwortete Wassja geärgert; er war wirklich etwas wütend.

»Du? Du heiratest? Ist es dein Ernst?« schrie Arkascha wie besessen. »Nein, nein, was ist denn das? Er spricht wirklich so sonderbar und weint sogar! ... Wassja, Wassjuk, mein Söhnchen, beruhige dich doch! Ist es auch wirklich wahr?« Und Arkadij Iwanowitsch schloss ihn wieder in seine Arme.

— А вот я тебя, жених, спеленаю, — пригова-
ривал он. Но, увидя, что Вася лежит на его руках, не шелохнется и не говорит более ни слова,
тотчас одумался и взял в соображение, что шут-
ки, видно, далеко зашли; он поставил его среди
комнаты и самым искренним, дружеским образом облобызал его в щеку.

— Вася, не сердишься?..

— Аркаша, послушай...

— Ну, для Нового года.

— Да я-то ничего; да зачем же ты сам такой
сумасшедший, повеса такой? Сколько я раз тебе
говорил: Аркаша, ей-богу, не остро, совсем не
остро!

— Ну, да не сердишься?

— Да я ничего; на кого я сержусь когда! Да ты
меня огорчил, понимаешь ли ты!

— Да как огорчил? Каким образом?

— Я шел к тебе как к другу, с полным серд-
цем, излить перед тобой свою душу, рассказать
тебе мое счастие...

— Да какое же счастие? Что ж ты не говоришь?...

— Ну, да я женюсь-то! — отвечал с досадою
Вася, потому что действительно немного был
взбешен.

— Ты! ты женишься! Так и вправду? — закричал благим матом Аркаша. — Нет, нет... да что ж
это? и говорит так, и слезы текут!.. Вася, Васюк
ты мой, сыночек мой, полно! Да вправду, что ль?

»Verstehst du denn meine Aufregung noch nicht? Du bist ja ein guter Freund, ich weiß es. Ich komme zu dir mit solcher Freude, mit solcher Begeisterung in der Seele und muss dir diese meine Herzensfreude, ganz würdelos quer über dem Bette liegend, eröffnen ... Du verstehst doch, Arkascha,« setzte er halb lachend hinzu, »dass es eine durchaus komische Situation war; ich bin aber in diesem Augenblick gewissermaßen nicht bei Sinnen. Ich konnte meine Angelegenheit nicht so erniedrigen. Hättest du mich zum Beispiel nach ihrem Namen gefragt, ich schwöre dir: du hättest mich morden können, aber den Namen hättest du von mir nicht erfahren!«

»Warum hast du es nicht früher gesagt, Wassja? Hättest du mir das alles früher gesagt, so würde ich nicht so spaßen!« rief Arkadij Iwanowitsch in aufrichtiger Verzweiflung.

»Nun, lass es gut sein, genug! Ich sage es ja nur so ... Du weißt selbst, warum ich so bin: ich habe eben ein gutes Herz. Nun ärgere ich mich darüber, dass es mir nicht gelungen ist, die Sache dir so gut und schön zu erzählen, wie ich es wollte, dich zu erfreuen, dir ein Vergnügen zu machen, dich einzuweihen ... Im Ernst, Arkascha, ich liebe dich so sehr, dass ich, wenn ich dich nicht hätte, wohl überhaupt nicht heiraten würde und auf dieser Welt nicht leben wollte.«

Arkadij Iwanowitsch, der sehr empfindsam war, weinte und lachte zugleich, während Wassja dies sprach. Wassja tat dasselbe. Sie fielen sich schließlich wieder in die Arme und vergaßen den ganzen Vorfall.

»Wie ist es nun geschehen? Erzähle mir alles, Wassja! Du musst mich entschuldigen, mein Lieber: ich bin so erschüttert, wie vom Blitz getroffen, bei Gott! Das kann ja nicht sein, mein Lieber, du hast doch

— И Аркадий Иванович бросился к нему снова с объятиями.

— Ну, понимаешь, из-за чего теперь вышло? — сказал Вася. — Ведь ты добрый, ты друг, я это знаю. Я иду к тебе с такою радостью, с восторгом душевным, и вдруг всю радость сердца, весь этот восторг я должен был открыть, барахтаясь поперек кровати, теряя достоинство... Ты понимаешь, Аркаша, — продолжал Вася полусмеясь, — ведь это было в комическом виде: ну, а я некоторым образом не принадлежал себе в эту минуту. Я же не мог унижать этого дела... Вот еще б ты спросил меня: как зовут? Вот клянусь, скорей убил бы меня, а я бы тебе не ответил.

— Да, Вася, что же ты молчал! Да ты бы мне всё раньше сказал, я бы и не стал шалить, — закричал Аркадий Иванович в истинном отчаянии.

— Ну, полно же, полно! Я ведь так это... Ведь ты знаешь, отчего это всё, — оттого, что у меня доброе сердце. Вот мне и досадно, что я не мог сказать тебе, как хотел, обрадовать, принесть удовольствие, рассказать хорошо, прилично посвятить тебя... Право, Аркаша, я тебя так люблю, что, не будь тебя, я бы, мне кажется, и не женился, да и не жил бы на свете совсем!

Аркадий Иванович, который необыкновенно был чувствителен, и смеялся, и плакал, слушая Васю. Вася тоже. Оба снова бросились в объятия и позабыли о бывшем.

das Ganze erfunden, bei Gott, du hast es erlogen!«
schrie Arkadij Iwanowitsch auf und blickte mit aufrichtigem Misstrauen Wassja an; als er aber in dessen Gesicht eine glänzende Bestätigung seiner bestimmten Absicht, so schnell als möglich zu heiraten, wahrnahm, warf er sich aufs Bett und begann vor lauter Entzücken Purzelbäume zu schießen, sodass die Wände erzitterten.

»Wassja, setz dich her!« rief er schließlich, und setzte sich auch selbst hin.

»Ja, mein Lieber, ich weiß wirklich nicht, womit ich beginnen soll!«

Beide blickten einander in freudiger Erregung an.

»Wer ist sie, Wassja?«

»Die Artemjewa! ...« versetzte Wassja mit vor Glück gedämpfter Stimme.

»Ist es wahr?«

»Ich hab dir ja schon genug von der Familie erzählt, und du hast gar nichts gemerkt. Es fiel mir wirklich schwer, es vor dir zu verheimlichen; ich hatte solche Angst, davon zu sprechen! Ich fürchtete, das Ganze würde auseinandergehen, ich bin aber verliebt, Arkascha! Ach, mein Gott, mein Gott! Denk dir nur: die Sache war so,« begann er, jeden Augenblick vor Erregung stockend: »Sie hatte bereits vor einem Jahre einen Bräutigam, der wurde aber plötzlich irgendwohin versetzt; ich kannte ihn: er war so ein ... Nun, ich will von ihm lieber nicht sprechen. Er ist also fort, lässt nichts von sich hören, ist verschollen. Man wartet und wartet und weiß nicht, was das zu bedeuten hat. Und plötzlich, so vor vier Monaten, kehrt er zurück – ist verheiratet und lässt sich bei den Artemjews nicht einmal sehen! Es ist doch roh und gemein! Und sie

— Как же, как же это? Расскажи мне всё, Вася! Я, брат, извини меня, я поражен, совсем поражен; вот точно громом сразило, ей-богу! Да нет же, брат, нет, ты выдумал, ей-богу, выдумал, ты наврал! — закричал Аркадий Иванович и даже с неподдельным сомнением взглянул в лицо Васи, но, видя в нем блестящее подтверждение непременного намерения жениться как можно скорее, бросился в постель и начал кувыркаться в ней от восторга, так что стены дрожали.

— Вася, садись сюда! — закричал он, усевшись наконец на кровати.

— Уж я, братец, право, не знаю, как и начать, с чего! Оба в радостном волнении смотрели друг на друга.

— Кто она, Вася?

— Артемьева!.. — произнес Вася расслабленным от счастия голосом.

— Нет?

— Ну, да я тебе уши прожужжал об них, потом замолк, а ты ничего и не приметил. Ах, Аркаша, чего стоило мне скрывать от тебя; да боялся, боялся говорить! Думал, что всё расстроится, а я ведь влюблен, Аркаша! Боже мой, боже мой! Видишь ли, вот какая история, — начал он, беспрерывно останавливаясь от волнения, — у ней был жених, еще год назад, да вдруг его командировали куда-то; я и знал его — такой, право, бог с ним! Ну, вот он и не пишет совсем, запал. Ждут, ждут; что бы это значило?.. Вдруг он, четыре месяца назад, приезжает женатый и к ним ни ногой. Грубо! Подло! Да за них заступиться

haben niemanden, der für sie eintreten könnte. Das arme Mädchen weint, und weint, und ich – verliebe mich in sie ... Ich war, übrigens, in sie schon vorher verliebt! Nun begann ich sie zu trösten, kam jeden Tag ins Haus ... Ich weiß wirklich nicht, wie das geschah, doch auch sie gewann mich lieb. Vor acht Tagen hielt ich es schließlich nicht aus, fing zu weinen an, zu schluchzen und sagte ihr alles: nun, dass ich sie liebe – mit einem Wort alles! ... ›Auch ich bin bereit, Sie zu lieben, Wassilij Petrowitsch‹, sagte sie zu mir, ›doch ich bin ein armes Mädchen, spotten Sie meiner nicht; denn ich habe gar nicht den Mut, jemanden zu lieben!‹ Nun, mein Lieber, verstehst du es? ... Wir haben uns auch sofort verlobt; ich überlegte mir lange hin und her und fragte sie schließlich: ›Wie wollen wir das der Mama sagen?‹ Sie antwortete darauf: ›Ja, es ist schwer! Warten Sie lieber noch eine Zeit lang. Denn Mama hat jetzt Angst; jetzt gleich wird sie mich Ihnen vielleicht noch nicht geben wollen; sie weint ja noch immer.‹ Ohne Lisa auch mit einem Wort vorzubereiten, platzte ich heute vor der Alten mit der Geschichte heraus. Lisa kniete vor ihr nieder, ich ebenfalls ... die Alte gab uns ihren Segen. Arkascha, Arkascha! Mein Lieber! Wir wollen doch zusammenwohnen bleiben. Nein, von dir trenne ich mich nicht!«

»Wassja, ich schaue dich an, und kann dir doch nicht glauben! Bei Gott, ich schwöre: ich kann dir unmöglich glauben. Das Ganze kommt mir so vor ... Hör einmal, du willst heiraten?.. Wieso habe ich nichts davon gewusst? Ich muss dir gestehen, Wassja: auch ich hatte die Absicht zu heiraten; doch da du es jetzt tust, kommt es auf dasselbe heraus! Also ich wünsche dir viel Glück!«

некому. Плакала, плакала она, бедная, а я и влюбись в нее... да я и давно, всегда был влюблен! Вот стал утешать, ходил, ходил... ну, и я, право, не знаю, как это всё произошло, только и она меня полюбила; неделю назад я не выдержал, заплакал, зарыдал и сказал ей всё — ну! что люблю ее — одним словом, всё!.. «Я вас сама любить готова, Василий Петрович, да я бедная девушка, не насмейтесь надо мной; я и любить-то никого не смею». Ну, брат, понимаешь! понимаешь?.. Мы тут с ней на слове и помолвились; я думал-думал, думал-думал; говорю: как сказать маменьке? Она говорит: трудно, подождите немножко; она боится; теперь еще, пожалуй, не отдаст меня вам; сама плачет. Я, ей не сказавшись, бряк старухе сегодня. Лизанька перед ней на колени, я тоже... ну, и благословила. Аркаша, Аркаша! голубчик ты мой! будем жить вместе. Нет! я с тобой ни за что не расстанусь.

— Вася, как я ни смотрю на тебя, а не верю, ей-богу, как-то не верю, клянусь тебе. Право, мне всё что-то кажется... Послушай, как же это ты женишься?.. Как же я не знал, а? Право, Вася, я, уже признаюсь тебе, я сам, брат, думал жениться; а уж как теперь ты женишься, так уж всё равно! Ну, будь счастлив, будь счастлив!..

»Mein Freund, ich habe jetzt ein so süßes Gefühl im Herzen, so leicht ist mir zumute ...« sagte Wassja. Er erhob sich vom Bett und ging einige Mal erregt durchs Zimmer. »Nicht wahr, du fühlst es ja auch? Wir werden natürlich sehr bescheiden leben, werden aber trotzdem glücklich sein; und das ist doch keine Chimäre; unser Glück ist nicht aus einem Buche geschöpft, es ist die Wirklichkeit: wir werden wirklich glücklich sein!«

»Wassja! Hör einmal, Wassja!«

»Was denn?« fragte Wassja, vor Arkadij Iwanowitsch stehen bleibend.

»Mir kommt eben ein Gedanke; ich weiß nicht warum, ich fürchte ihn auszusprechen!.. Verzeihe mir also und löse meine Zweifel. Wovon willst du eigentlich leben? Ich bin ja entzückt, dass du heiratest, bin ganz außer mir vor Freude, und doch ... wovon willst du leben? Wie?«

»Ach, mein Gott! Wie kannst du nur, Arkascha!« sagte Wassja und blickte Nefedewitsch sehr erstaunt an. »Was denkst du dir denn? Selbst die Alte überlegte sich die Sache keine zwei Minuten lang, als ich ihr alles klarlegte. Frage doch zunächst, wovon *sie* gelebt haben? Sie haben zudritt ja nur fünfhundert Rubel im Jahr! Das ist die ganze Pension, die sie nach dem Tode des Vaters bekommen. Sie alle: Lisa, und die Alte und noch der kleine Bruder, für den man aus dem gleichen Gelde die Schule bezahlen muss, alle drei lebten von den fünfhundert Rubeln; so leben eben andere Leute! Wir beide sind Kapitalisten dagegen! Ich habe ja manches Jahr, wenn es gut geht, beinahe siebenhundert Rubel Einkommen!«

— Брат, теперь так сладко в сердце, так легко на душе... — сказал Вася, вставая и шагая в волнении по комнате. — Не правда ли, не правда ли? ведь ты чувствуешь то же? Мы будем жить бедно, конечно, но счастливы будем; и ведь это не химера; наше счастье-то ведь не из книжки сказано: ведь это на деле счастливы мы будем!..

— Вася, Вася, послушай!

— Что? — сказал Вася, остановясь перед Аркадием Ивановичем.

— Мне пришла мысль; право, я как-то боюсь и сказать тебе!.. Ты прости меня, ты разреши мои сомнения. Чем же ты жить будешь? Я, знаешь, я в восторге, что ты женишься, конечно, в восторге и владеть собой не могу, но — чем ты жить будешь? а?

— Ах, боже, боже мой! Какой ты, Аркаша! — сказал Вася, в глубоком удивлении смотря на Нефедевича. — Да что ты в самом деле? Даже старуха, и та двух минут не подумала, когда я ей представил всё ясно. Ты спроси, чем они жили? Ведь пятьсот рублей в год на троих: ведь всего-то пенсиону после покойника столько. Жила она, да старуха, да еще братишка, за которого в школу платят из тех же денег, — ведь вот как живут! Ведь это только мы капиталисты с тобой! А у меня, поди-ка ты, в иной год, в хороший, даже семьсот наберется.

»Höre, Wassja, entschuldige: bei Gott, ich meine es ja nur so ... Ich bin doch wirklich besorgt, dass die Sache nicht auseinandergeht; aber von welchen siebenhundert Rubeln sprichst du? es sind ja im Ganzen nur dreihundert ...«

»Dreihundert!.. So, und Julian Mastakowitsch ist nichts? Hast du den vergessen?«

»Julian Mastakowitsch! Das ist aber eine unsichere Sache; das ist doch etwas ganz anderes als dreihundert Rubel sicheres Jahresgehalt, wo man sich auf jeden Rubel wie auf einen treuen Freund verlassen kann. Julian Mastakowitsch ist freilich ein hervorragender Mensch, ich achte und verstehe ihn, obwohl er so viel höher steht als ich; ich liebe ihn sogar, bei Gott, weil er dich so liebt und dir jede Extraarbeit bezahlt, obwohl er die Möglichkeit hätte, mit diesen Arbeiten irgend-einen Beamten von Amts wegen zu betrauen. Du musst dir aber sagen, Wassja ... Höre noch folgendes: ich spreche ja wirklich keinen Unsinn; ich will zu-geben, dass es in ganz Petersburg keine Handschrift gibt, die mit der deinigen zu vergleichen wäre; das erkenne ich gerne an!« sagte Nefedewitsch nicht ohne Entzücken. »Und doch kann es ja, Gott bewahre, vor-kommen, dass du ihm einmal etwas nicht recht machst, oder dass er keine Arbeit mehr zu vergeben hat, oder sich einen andern nimmt ... es kann ja schließlich alles passieren! Heute hast du ihn, und morgen – nicht; bedenke das nur, Wassja ...«

»Höre einmal, Arkascha, ebenso gut kann jetzt über uns die Zimmerdecke einstürzen ...«

»Ja, gewiss, du hast recht, ich meinte es ja nur so ...«

»Nein, hör einmal zu, höre, was ich dir sage: wie kann er mich gehen lassen? Höre mich nur an! Ich erledige ja alles so aufmerksam und zuverlässig, und

— Послушай, Вася; ты меня извини; я, ей-богу, я так, ведь, я всё только думаю, как бы это не расстроить, — каких же семьсот? Только триста...

— Триста!.. А Юлиан Мастакович? забыл?

— Юлиан Мастакович! Да ведь это дело, братец, неверное; это не то, что триста рублей верного жалованья, где всякий рубль как друг неизменный. Юлиан Мастакович, конечно, ну, даже великий он человек, я его уважаю, понимаю его, даром что он так высоко стоит, и, ей-богу, люблю его, потому что он тебя любит и тебе за работу дарит, тогда как мог бы не платить, а командировать себе прямо чиновника — но ведь согласись сам, Вася... Послушай еще: я ведь не вздор говорю; я согласен, во всем Петербурге не найдешь такого почерка, как твой почерк, я готов тебе уступить, — не без восторга заключил Нефедевич, — но вдруг, боже сохрани! ты не понравишься, вдруг ты не угодишь ему, вдруг у него дела прекратятся, вдруг он другого возьмет — ну да, наконец, мало ли что может случиться! Ведь Юлиан-то Мастакович был да сплыл, Вася...

— Послушай, Аркаша, ведь этак, пожалуй, над нами сейчас потолок провалится...

— Ну, конечно, конечно... я ведь ничего...

— Нет, послушай меня, ты выслушай — видишь что: каким он образом может со мною расстаться... Нет, ты только выслушай, выслушай. Ведь я всё исполняю рачительно; ведь он такой

er ist so gut zu mir; heute hat er mir, höre nur, Arkascha, heute hat er mir fünfzig Silberrubel gegeben!«

»Wirklich, Wassja? Ist es eine Zulage?«

»Keine Zulage! Aus seiner eigenen Tasche hat er es mir gegeben! Er sagte zu mir: ›Du hast, mein Lieber, seit vier Monaten nichts bekommen; wenn du willst, nimm dieses Geld: ich danke dir‹, sagte er, ›denn ich bin mit dir zufrieden‹ ... Bei Gott, das hat er gesagt! ›Du sollst doch nicht umsonst arbeiten!‹ Mir kamen sogar die Tränen! Mein Gott, Arkascha!«

»Sage einmal, Wassja, hast du die zuletzt bestellte Abschrift fertiggemacht?«

»Nein ... noch nicht ganz fertig.«

»Wassinka, mein Engel! Was hast du angerichtet?«

»Das macht nichts, Arkascha, ich habe ja noch zwei Tage Zeit.«

»Ja, warum hast du die Arbeit noch nicht fertig?«

»Nun ja! Du siehst mich mit solcher Leichenbittermiene an, dass sich mir der Magen umdreht und das Herz weh tut! Was ist denn dabei? Du bringst mich immer auf diese Weise um, wenn du zu schreien anfängst: A-a-ah! Überlege dir nur: was ist denn dabei? Ich werde damit noch fertig werden, bei Gott!«

»Und wenn du nicht fertig wirst?« brüllte Arkadij und sprang vom Bette auf. »Erst heute hast du von ihm Geld bekommen! Und du willst heiraten! ... Oh weh!«

»Das macht nichts, ich setze mich gleich an die Arbeit und mache sie fertig. Sei unbesorgt!«

»Wie hast du es versäumen können, Wassja?«

добрый, ведь он мне, Аркаша, ведь он мне сегодня дал пятьдесят рублей серебром!

— Неужели, Вася? Так тебе награждение?

— Какое награждение! Из своего кармана. Говорит: уж ты, брат, пятый месяц денег не получал; хочешь, возьми; спасибо, говорит, тебе, спасибо, доволен... ей-богу! Не даром же ты мне, говорит, работаешь — право! Так и сказал. У меня слезы полились, Аркаша. Господи боже!

— Послушай, Вася, а ты дописал те бумаги?..

— Нет... еще не дописал.

— Ва...сенька! Ангел мой! Что ты сделал?

— Послушай, Аркадий, ничего, еще два дня сроку, успею...

— Как же ты это так не писал?..

— Ну вот, ну вот! ты с таким убитым видом смотришь, что у меня вся внутренность ворочается, сердце болит! Ну, что ж? Ты меня всегда этак убиваешь! Так и закричит: а-а-а!!! Да ты рассуждай; ну, что ж такое? Ну, кончу, ей-богу, кончу...

— Что если не кончишь? — закричал Аркадий, вскочив. — А он же тебе сегодня дал награждение! Ты же тут женишься... Ай-ай-ай!..

— Ничего, ничего, — закричал Шумков, — я сейчас же и сажусь, сию минуту сажусь; ничего!

— Как это ты манкировал, Васютка?

»Ach, Arkascha! Konnte ich denn ruhig hier sitzen bleiben? War ich denn in solcher Stimmung? Selbst in der Kanzlei konnte ich kaum sitzen, so übervoll ist mein Herz! ... Ach! Nun werde ich die heutige Nacht durcharbeiten, ebenso morgen und übermorgen und mache es fertig! ...«

»Ist noch viel übrig geblieben?«

»Störe mich nicht, um Gottes willen, störe mich nicht, schweig!«

Arkadij Iwanowitsch ging auf den Fußspitzen zum Bett und setzte sich hin; nach einer Weile wollte er schon wieder aufstehen, besann sich aber, dass er seinen Freund damit stören könnte und blieb sitzen, obwohl es ihm bei seiner Aufregung sehr schwer fiel: die Nachricht hatte ihn offensichtlich furchtbar aufgeregt, und seine Begeisterung war noch nicht abgekühlt. Er warf Schumkow einen Blick zu; auch dieser warf ihm einen Blick zu, lächelte, drohte mit dem Finger, zog furchtbar die Brauen zusammen (als ob davon seine Kraft und der ganze Erfolg der Arbeit abhingen) und vertiefte sich wieder in die Arbeit.

Auch er schien seine Aufregung noch nicht überwunden zu haben: er wechselte einige Mal die Feder, rückte auf seinem Stuhle hin und her, nahm immer neue Stellungen ein, fing immer von neuem an, doch seine Hand zitterte und wollte ihm nicht gehorchen.

»Arkascha! Ich habe ihnen auch von dir erzählt!« schrie er plötzlich auf, als wäre es ihm erst eben eingefallen.

»So?« rief Arkascha, »und ich wollte dich gerade danach fragen! Nun?«

»Nun! Ach, ich werde dir alles später erzählen! Bei Gott, es ist meine Schuld; ich hatte eben meinen Vor-

— Ах, Аркаша! Ну, мог ли я усидеть? Такой ли я был? Да я в канцелярии-то едва сидел; ведь я сердца сносить не мог... Ах! Ах! Теперь ночь просижу, и завтра ночь просижу, да послезавтра еще, и — докончу!..

— Много осталось?

— Не мешай, ради бога, не мешай, замолчи... Аркадий Иванович на цыпочках подошел к кровати и уселся; потом вдруг хотел было встать, но потом опять принужден был сесть, вспомнив, что помешать может, хотя и сидеть не мог от волнения: видно было, что его совсем перевернуло известие и первый восторг еще не успел выкипеть в нем. Он взглянул на Шумкова, тот взглянул на него, улыбнулся, погрозил ему пальцем и потом, страшно нахмурив брови (как будто в этом заключалась вся сила и весь успех работы), уставился глазами в бумаги.

Казалось, и он тоже еще не пересилил своего волнения, переменял перья, вертелся на стуле, пристраивался, опять принимался писать, но рука его дрожала и отказывалась двигаться.

— Аркаша! Я им говорил об тебе, — закричал он вдруг, как будто только что вспомнил.

— Да? — закричал Аркадий, — а я только спросить хотел; ну!

— Ну! Ах да, я тебе после всё расскажу! Вот, ей-богу, сам виноват, а совсем из ума вышло, что не хотел ничего говорить, покамест не напишу четырех листов; да вспомнил про тебя и про них. Я, брат, и писать как-то не могу: всё об вас вспоминаю... — Вася улыбнулся.

satz vergessen, kein Wort zu sprechen, bevor ich nicht vier Bogen abgeschrieben habe. Und nun musste ich wieder an sie und dich denken. Ich kann, mein Lieber, gar nicht schreiben: muss immer an euch denken ...« Wassja lächelte.

Beide verstummten für eine Weile.

»Pfui! Was für eine elende Feder!« rief Schumkow plötzlich aus und warf die Feder auf den Tisch hin. Er nahm wieder eine neue Feder.

»Wassja! Höre einmal: nur ein Wort ...«

»Gut! Aber schnell und zum Allerletztenmal ...«

»Ist dir noch viel übrig geblieben?«

»Ach, mein Lieber! ...« Wassja machte ein Gesicht, als ob es in der Welt nichts Schrecklicheres und Tödlicheres gäbe, als diese Frage. »Es ist noch viel, furchtbar viel!«

»Weißt du, mir kommt eben eine Idee ...«

»Was für eine?«

»Nein, nein, schreibe nur weiter.«

»Nun was denn? Was wolltest du sagen?«

»Die Uhr geht schon auf sieben!«

Nefedewitsch lächelte bei diesen Worten Wassja zu, allerdings etwas unsicher: er wusste nicht, wie Wassja es aufnehmen würde.

»Also was denn?« fragte Wassja. Er hörte sofort zu schreiben auf, blickte ihm gerade in die Augen und erbleichte vor Erwartung.

»Weißt du was?«

»Um Gottes willen, was denn?«

Настало молчание.

— Фу! Какое скверное перо! — закричал Шумков, ударив в досаде им по столу. Он взялся за другое.

— Вася! послушай! Одно слово...

— Ну! Поскорей и в последний раз.

— Много тебе осталось?

— Ах, брат!.. — Вася так поморщился, как будто ничего в свете не было ужаснее и убийственнее такого вопроса. — Много, ужасно много!

— Знаешь, у меня была идея...

— Что?

— Да нет, уж нет, пиши.

— Ну, что? Что?

— Теперь седьмой час, Васюк!

Тут Нефедевич улыбнулся и плутовски подмигнул Васе, но, однако ж, все-таки несколько с робостию, не зная, как примет он это.

— Ну, что ж? — сказал Вася, бросив совсем писать, смотря ему прямо в глаза и даже побледнев от ожидания.

— Знаешь что?

— Ради бога, что?

»Weißt du was? Du bist zu aufgeregt und wirst wohl sowieso nicht viel zustande bringen ... Warte, warte, warte, ich weiß schon, was du sagen willst, höre einmal!« sagte Nefedewitsch, in seiner Begeisterung vom Bette aufspringend und Wassja, der etwas entgegnen wollte, unterbrechend, um jedem Einwand zuvorzukommen: »Vor allen Dingen musst du dich doch beruhigen und dich sammeln! Nicht wahr?«

»Arkascha! Arkascha!« rief Wassja und sprang von seinem Platze auf. »Ich werde die ganze Nacht durcharbeiten, bei Gott, die ganze Nacht!«

»Nun ja, gewiss! Doch gegen Morgen wirst du einschlafen ...«

»Ich werde nicht einschlafen, um nichts in der Welt ...«

»Nein, nein! Das geht nicht! Du musst: um fünf Uhr kannst du dich schlafen legen, und um acht werde ich dich wecken. Morgen ist Feiertag; du setzt dich hin und schreibst den ganzen Tag ... und dann wieder die Nacht ... Ist noch viel übrig geblieben?«

»Hier! Schau her!«

Wassja zeigte ihm, vor Erregung und Erwartung zitternd, das Heft: »Schau her!«

»Weißt du, mein Lieber: es ist ja gar nicht viel!«

»Mein Lieber, das ist noch nicht alles: es ist noch etwas da!« sagte Wassja und blickte dabei Nefedewitsch so schüchtern an, als hinge von diesem der Entschluss ab, ob sie hingingen oder nicht.

»Wie viel?«

— Знаешь что? Ты взволнован, ты много не наработаешь... Постой, постой, постой, постой — вижу, вижу — слушай! — заговорил Нефедевич, вскочив в восторге с постели и прерывая заговорившего Васю, всеми силами отстраняя возражения. — Прежде всего нужно успокоиться, нужно с духом собраться, так ли?

— Аркаша! Аркаша! — закричал Вася, вскочив с кресел. — Я просижу всю ночь, ей-богу, просижу!

— Ну, да, да! Ты к утру только заснешь...

— Не засну, ни за что не засну...

— Нет, нельзя, нельзя; конечно, заснешь, в пять часов засни. В восемь я тебя бужу. Завтра праздник; ты садишься и строчишь целый день... Потом ночь и — да много ль осталось тебе?..

— Да вот, вот!..

Вася, дрожа от восторга и от ожидания, показал тетрадку.

— Вот!..

— Послушай, брат, ведь это немного...

— Дорогой мой, еще там есть, — сказал Вася, робко-робко смотря на Нефедевича, как будто от него зависело разрешение, идти или нет.

— Сколько?

»Zwei Bogen ...«

»Nun, was meinst du? Ich meine, wir werden damit noch fertig, bei Gott, wir werden fertig!«

»Arkascha!«

»Wassja! Höre einmal! Den Silvesterabend verbringen doch alle Leute bei bekannten Familien, nur wir beide sind so gottverlassen und wie obdachlos ... Ja, Wassinka!«

Nefedewitsch umarmte Wassja und erdrückte ihn beinahe in seinen Löwentatzen.

»Arkadij, es ist abgemacht!«

»Wassjuk, ich wollte dir nur noch das sagen. Sieh mal, Wassjuk, mein Dicker! Hör einmal! Hör einmal! Du kannst ja ...«

Arkadij hielt mit offenem Munde inne, denn er konnte vor Begeisterung nicht weiter sprechen. Wassja hielt ihn an den Schultern, starrte ihm ins Gesicht und bewegte die Lippen, als wollte er den Satz statt seiner zu Ende sprechen.

»Nun?!« sagte er schließlich.

»Stelle mich ihnen heute vor!«

»Arkadij! Wir wollen heute zum Tee hingehen! Weißt du was? Weißt du was? Bis zwölf wollen wir nicht sitzen bleiben, sondern vorher heimgehen!« rief Wassja in echter Begeisterung.

»Das heißt, wir wollen im ganzen zwei Stunden dort bleiben, nicht mehr und nicht weniger! ...«

»Und dann trennen wir uns, bis ich ganz fertig bin!...«

»Wassjuk!«

»Arkadij!«

— Два... листочка...

— Ну, что ж? Ну, послушай! Ведь кончить успеем, ей-богу, успеем!

— Аркаша!

— Вася! послушай! Теперь под Новый год все по семействам собираются, мы с тобой только бездомные, сирые... у! Васенька!.. Нефедевич облапил Васю и стиснул в своих львиных объятиях...

— Аркадий, решено!

— Васюк, я только об этом сказать хотел. Видишь, Васюк, косолапый ты мой! слушай! слушай! ведь...

Аркадий остановился с открытым ртом, потому что не мог говорить от восторга. Вася держал его за плечи, глядел ему во все глаза и так двигал губами, как будто сам хотел договорить за него.

— Ну! — проговорил он наконец.

— Представь им сегодня меня!

— Аркадий! Идем туда чай пить! Знаешь что? Знаешь что? Даже до Нового года не досидим, раньше уйдем, — закричал Вася в истинном вдохновенье.

— То есть два часа, ни больше ни меньше!..

— И потом разлука до тех пор, пока не докончу!..

— Васюк!..

— Аркадий!

In drei Minuten hatte Arkadij seinen besten Anzug an. Wassja bürstete seinen Anzug nur ab; er hatte ihn noch gar nicht abgelegt: mit solchem Eifer war er soeben an die Schreibarbeit gegangen.

Sie traten eilig auf die Straße hinaus, der eine freudiger als der andere. Ihr Weg ging von der Petersburger Seite zur Kolomna-Vorstadt. Arkadij Iwanowitsch schritt rüstig und energisch aus, sodass man schon an seinem Gang seine Freude über das Glück des sich daran immer mehr berauschenden Wassja merken konnte. Wassja machte kleinere Schritte, trippelte beinahe, bewahrte aber seine Würde vollkommen. Arkadij Iwanowitsch glaubte sogar, noch nie einen so günstigen Eindruck von ihm gehabt zu haben. In diesem Augenblick hatte er sogar mehr Achtung vor ihm als je, und der gewisse körperliche Fehler Wassjas, von dem der Leser noch nichts weiß (Wassja war nämlich etwas schief gewachsen), der im empfindsamen Herzen Arkadij Iwanowitschs immer tiefes Mitgefühl hervorgerufen hatte, trug jetzt noch mehr zum Gefühl inniger Rührung bei, das er in diesen Augenblicken seinem Freunde entgegenbrachte und dessen Wassja selbstverständlich in jeder Beziehung würdig war. Arkadij Iwanowitsch hatte sogar Lust, vor Freude zu weinen, doch er beherrschte sich.

»Wohin, wohin, Wassja? Hier ist es näher!« rief er, als er merkte, dass Wassja die Richtung zum Wosnessenskij-Prospekt einschlagen wollte.

»Schweige, Arkascha, schweige ...«

»Hier ist es wirklich näher, Wassja ...«

В три минуты Аркадий был по-парадному. Вася только почистился, затем что и не снимал своей пары: с таким рвением присел он за дело.

Они поспешно вышли на улицу, один радостнее другого. Путь лежал с Петербургской стороны в Коломну. Аркадий Иванович отмеривал шаги бодро и энергично, так что по одной походке его уже можно было видеть всю его радость о благополучии всё более и более счастливого Васи. Вася семенил более мелким шажком, но не теряя достоинства. Напротив, Аркадий Иванович еще никогда не видал его в более выгодном для него свете. Он в эту минуту даже както более уважал его, и известный телесный недостаток Васи, о котором до сих пор еще не знает читатель (Вася был немного кривобок), вызывавший всегда глубоко любящее чувство сострадания в добром сердце Аркадия Ивановича, теперь еще более способствовал к глубокому умилению, которое особенно питал к нему друг его в эту минуту и которого Вася, уж разумеется, всячески был достоин. Аркадию Ивановичу даже хотелось заплакать от счастия; но он удержался.

— Куда, куда, Вася? Здесь ближе пройдем! — вскричал он, видя, что Вася норовит повернуть к Вознесенскому.

— Молчи, Аркаша, молчи...

— Право, ближе, Вася.

»Arkascha, weißt du was?« begann Wassja geheimnisvoll, mit vor Glück bebender Stimme. »Weißt du was? Ich möchte Lisa ein kleines Präsent mitbringen ...«

»Was für eines?«

»Gleich an der nächsten Ecke ist der Laden von Madame Leroux, ein wundervoller Laden!«

»So, so!«

»Es ist ein Häubchen, mein Lieber, ein Häubchen; heute habe ich da ein so liebes, nettes Häubchen gesehen und mich danach erkundigt. Die Façon heißt ›Manon Lescaut‹, es ist wirklich ein Wunderwerk! Die Bänder sind kirschrot, und wenn es nicht zu teuer ist ... Arkascha! Und wenn es auch teuer ist ...«

»Ich glaube, du bist über allen Poeten erhaben, Wassja! Gehen wir also hin!«

Sie eilten weiter und traten nach zwei Minuten in den Laden. Sie wurden von einer Französin mit schwarzen Augen und Lockenfrisur empfangen, die beim ersten Blick auf die Eintretenden ebenso freudig und glücklich wurde, wie diese es waren, womöglich noch freudiger und glücklicher. Wassja hätte Madame Leroux beinahe abgeküsst: so entzückt war er.

»Arkascha!« sagte er leise, mit scheinbar gleichgültigem Blicke all das Schöne und Erhabene musternd, das, auf hölzernen Haubenstöcken prangend, den großen Ladentisch schmückte. »Es sind doch wahre Wunderwerke! Was sagst du zum Beispiel zu dem da? Hier dieses Bonbon meine ich, siehst du es?« flüsterte Wassja, auf ein reizendes Häubchen weisend, das ganz am Rande stand, doch durchaus nicht dasjenige war, das er zu kaufen beabsichtigte; denn er hatte schon von weitem seine Blicke in das

— Аркаша! Знаешь ли что? — начал Вася таинственно, замирающим от радости голосом. — Знаешь ли что? Мне хочется принести подарочек Лизаньке...

— Что ж такое?

— Здесь, брат, на углу мадам Леру, чудесный магазин!

— А, ну!

— Чепчик, душечка, чепчик; сегодня я видел такой чепчоночек миленький; я спрашивал: фасон, говорят, Manon Lescaut[1] называется — чудо! ленты серизовые, и если недорого... Аркаша, да хоть бы и дорого!..

— Ты, по-моему, выше всех поэтов, Вася! идем!.. Они побежали и через две минуты вошли в магазин. Их встретила черноглазая француженка в локонах, которая тотчас же, при первом взгляде на своих покупателей, сделалась так же весела и счастлива, как они сами, даже счастливее, если можно сказать. Вася готов был расцеловать мадам Леру от восторга...

— Аркаша! — сказал он вполголоса, бросив обыкновенный взгляд на всё прекрасное и великое, стоявшее на деревянных столбиках на огромном столе магазина. — Чудеса! Что это такое? что это? Вот этот, например, бонбончик, видишь? — прошептал Вася, показывая один миленький крайний чепчик, но вовсе не тот,

---

[1] Манон Леско (*франц.*)

andere, berühmte, echte Häubchen gebohrt, das am entgegengesetzten Tischende stand. Er starrte es so an, als hätte er Angst, dass jemand es stehlen könnte oder dass das Häubchen selbst, nur damit es nicht Wassja in die Hände fiele, von seinem Haubenstocke in die Luft wegfliegen würde.

»Dieses da,« sagte Arkadij Iwanowitsch, auf ein anderes Häubchen zeigend, »dieses da ist nach meiner Ansicht das schönste.«

»Ja, Arkascha, das macht dir sogar Ehre; ich bringe dir von nun an für deinen guten Geschmack noch mehr Achtung entgegen,« sagte Wassja: seine Rührung vor Arkascha ging so weit, dass er ihm zuliebe aufrichtiges Entzücken vorspiegelte. »Dein Häubchen ist wirklich reizend. Aber komm einmal her!«

»Wo ist denn ein noch schöneres, mein Lieber?«

»Sieh einmal her!«

»Dieses da?« sagte Arkadij etwas unsicher.

Als aber Wassja, der sich nicht länger beherrschen konnte, das Häubchen vom Ständer nahm, das ihm, gleichsam über den lang ersehnten guten Käufer erfreut, selbst zuzufliegen schien, als alle die Bänder, Rüschen und Spitzen zu knistern anfingen, – da drang aus der mächtigen Brust Arkadij Iwanowitschs ein Schrei des Entzückens. Selbst Madame Leroux, die während der Wahl ihre ganze Würde und Überlegenheit in Sachen des Geschmacks bewahrt und herablassend geschwiegen hatte, belohnte nun Wassja mit einem Lächeln der Anerkennung, und alles in ihr, in ihren Blicken, in ihren Gesten und in ihrem Lächeln schien zu sagen: »Ja, Sie haben das Richtige getroffen und sind des Glückes wert, das Sie erwartet!«

который купить хотел, потому что уже издалека нагляделся и впился глазами в другой, знаменитый, настоящий, стоявший на противоположном конце. Он так смотрел на него, что можно было подумать, будто его кто-нибудь возьмет да украдет или будто сам чепчик, именно для того чтоб не доставаться Васе, улетит с своего места на воздух.

— Вот, — сказал Аркадий Иванович, указав на один, — вот, по-моему, лучший.

— Ну, Аркаша! это даже делает честь тебе; я тебя, право, особенно уважать начинаю за вкус, — сказал Вася, плутовски схитрив в умилении своего сердца пред Аркашей, — прелесть твой чепчик, но поди-ка сюда!

— Где же, брат, лучше?

— Смотри-ка сюда!

— Этот? — сказал Аркадий с сомнением. Но когда Вася, не в силах более выдержать, сорвал его с деревяшки, с которой он, казалось, вдруг слетел самовольно, как будто обрадовавшись такому хорошему покупщику после долгого ожидания, когда захрустели все его ленточки, рюши и кружева, неожиданный крик восторга вырвался из мощной груди Аркадия Ивановича. Даже мадам Леру, наблюдавшая всё свое несомненное достоинство и преимущество в деле вкуса во всё время выбора и только молчавшая из снисхождения, наградила Васю полною улыбкою одобрения, так что всё в ней, во взгляде, в жесте и в этой улыбке, разом проговорило

»Es hat ja in seiner Einsamkeit kokettiert!« rief Wassja aus, der nun seine ganze Liebe auf das reizende Häubchen übertrug. »Es hat sich mit Absicht versteckt, das Täubchen, das Schelmchen!« Und er küsste das Häubchen, oder vielmehr die Luft, die es umgab: denn er fürchtete, seine Kostbarkeit auch nur zu berühren.

»So verbirgt sich auch das wahre Verdienst und die echte Tugend,« setzte Arkadij ganz begeistert hinzu: diese Phrase hatte er am Morgen in einer geistvollen Zeitung gelesen und tischte sie nun des humoristischen Effektes wegen auf. »Also was meinst du, Wassja?«

»Hurra, Arkascha! Du bist heute auch geistreich, du wirst Furore machen, wie es die Damen nennen, – ich prophezeie es dir! – Madame Leroux, Madame Leroux!«

»Was steht zu Diensten?«

»Meine liebe Madame Leroux!«

Madame Leroux blickte Arkadij Iwanowitsch an und lächelte etwas herablassend.

»Sie glauben nicht, wie ich Sie in diesem Augenblick verehre ... Gestatten Sie, dass ich Sie küsse ...« Und Wassja umarmte und küsste die Verkäuferin.

Sie musste in diesem Augenblick unbedingt ihre ganze Würde zusammennehmen, um sich dem Attentäter gegenüber nichts zu vergeben. Ich behaupte aber, dass dazu auch die ganze angeborene natürliche Liebenswürdigkeit und Grazie gehört, mit der Madame Leroux den Ausbruch von Wassjas Begeisterung hinnahm.

— да! вы угадали и достойны счастия, которое вас ожидает.

— Ведь кокетничал, кокетничал в уединении! — закричал Вася, перенеся всю любовь свою на миленький чепчик. — Нарочно прятался, плутишка, голубчик мой! — И он поцеловал его, то есть воздух, который его окружал, потому что боялся дотронуться до своей драгоценности.

— Так скрывает себя истинная заслуга и добродетель, — прибавил Аркадий в восторге, для юмора прибрав фразу из одной остроумной газеты, которую читал поутру. — Ну, Вася, что же?

— Виват, Аркаша! Да ты и остришь сегодня, ты сделаешь *фурор*, как они говорят, между женщинами, предрекаю тебе. Мадам Леру, мадам Леру!

— Что прикажете?

— Голубушка, мадам Леру!..

Мадам Леру взглянула на Аркадия Ивановича и снисходительно улыбнулась.

— Вы не поверите, как я вас обожаю в эту минуту... Позвольте поцеловать вас... — и Вася поцеловал магазинщицу.

Решительно, нужно было призвать на минуту всё достоинство, чтоб не уронить себя с подобным повесой. Но я утверждаю, что нужно иметь к тому и всю врожденную, неподдельную любезность и грацию, с которою мадам Леру приняла восторг Васи.

Sie verzieh ihm.

Und wie geschickt, wie graziös fand sie sich in die Situation! Wie könnte man auch Wassja zürnen?

»Madame Leroux, wie hoch ist der Preis?«

»Fünf Silberrubel,« antwortete sie, sich ihre Frisur in Ordnung bringend und wieder lächelnd.

»Und dieses da, Madame Leroux?« fragte Arkadij Iwanowitsch, auf das von ihm gewählte Häubchen weisend.

»Dieses kostet acht Silberrubel.«

»Erlauben Sie einmal, erlauben Sie einmal! Sie werden doch zugeben, Madame Leroux ... Nun welches Häubchen ist nach Ihrer Meinung schöner, graziöser, liebenswürdiger, welches sieht Ihnen ähnlicher?«

»Jenes ist etwas reicher, doch das von Ihnen Gewählte – c'est plus coquet.«

»Also nehmen wir dieses!«

Madame Leroux schlug das Häubchen in einen Bogen unendlich feinen Seidenpapiers ein, das sie mit einer Nadel zusammensteckte, und das Papier mit dem darin eingewickelten Häubchen schien nun leichter geworden zu sein, als es vorher ohne Häubchen gewesen war. Wassja nahm das Paket mit verhaltenem Atem, sehr vorsichtig in die Hand, verabschiedete sich von Madame Leroux, sagte ihr noch etwas höchst Liebenswürdiges und verließ den Laden.

»Ich bin ein Lebemann, Arkascha, ich bin zum Lebemann geboren!« schrie Wassja lachend. Er lachte wie in einem Krampfe, nervös und kaum hörbar. Dabei wich er den Passanten aus, denn er hatte sie alle

Она извинила его, и как умно, как грациозно умела она найтись в этом случае! Неужели же можно было рассердиться на Васю?

— Мадам Леру, сколько цена?

— Это пять рублей серебром, — отвечала она, оправившись, с новой улыбкою.

— А этот, мадам Леру, — сказал Аркадий Иванович, указав на свой выбор.

— Этот восемь рублей серебром.

— Ну, позвольте! Ну, позвольте! Ну, согласитесь, мадам Леру, ну, который лучше, грациознее, милее, который из них более походит на вас?

— Тот богаче, но ваш выбор — c'est plus coquet.[2]

— Ну, так его и берем!

Мадам Леру взяла лист тонкой-тонкой бумаги, зашпилила булавочкой, и, казалось, бумага с завернутым чепчиком сделалась легче, нежели прежде, без чепчика. Вася взял всё это бережно, чуть дыша, раскланялся с мадам Леру, что-то еще сказал, ей очень любезное и вышел из магазина.

— Я вивёр, Аркаша, я рожден быть вивёром! — кричал Вася, хохоча, заливаясь неслышным, мелким, нервическим смехом и обегая прохожих, которых всех разом подозревал в непре-

---

[2] это кокетливее *(франц.)*

ohne Ausnahme im Verdacht, ihm sein kostbares Häubchen zerknüllen zu wollen.

»Höre einmal, Arkadij, höre!« begann er eine Minute später, und eine große Feierlichkeit, eine unsagbare Liebesseligkeit klang aus seiner Stimme. »Arkadij, ich bin so glücklich, so glücklich!«

»Wassinka, und wie glücklich bin ich, mein Lieber!«

»Nein, Arkascha, nein! Deine Liebe zu mir ist grenzenlos, – ich weiß es, doch du kannst nicht auch den zehnten Teil von dem empfinden, was ich jetzt empfinde. Mein Herz ist so übervoll!! Arkascha, ich bin ja meines Glückes gar nicht wert! Ich fühle es, ich ahne es. Womit habe ich es verdient,« sagte er mit tränenerstickter Stimme, »was habe ich geleistet, das mir ein Recht darauf gibt? Sage es mir nur! Sieh nur hin, wie viel Menschen es gibt, wie viel Tränen, wie viel Kummer, wie viel grauen Alltag ohne Feste! Und ich! Ich werde von einem solchen Mädchen geliebt, ich ... Doch du wirst sie gleich selbst sehen, wirst ihr edles Herz selbst kennenlernen. Ich bin von niedriger Herkunft, doch jetzt habe ich einen Beamtenrang und ein unabhängiges Einkommen – mein Gehalt. Ich bin mit einem Gebrechen auf die Welt gekommen: ich bin etwas schief gewachsen. Und siehe: sie liebt mich so wie ich bin. Julian Mastakowitsch war heute so zärtlich, so aufmerksam, so höflich zu mir; er spricht ja sonst fast nie mit mir; heute ging er aber auf mich zu und sagte: ›Nun, Wassja,‹ (bei Gott: er sprach mich mit Wassja an), ›du wirst wohl in den Feiertagen ordentlich bummeln?‹ (Und dabei lachte er!)

менном покушении измять его драгоценнейший чепчик!

— Послушай, Аркадий, послушай! — начал он минуту спустя, и что-то торжественное, что-то донельзя любящее зазвенело в настрое его голоса. — Аркадий, я так счастлив, так счастлив!..

— Васенька! как я-то счастлив, голубчик мой!

— Нет, Аркаша, нет, твоя любовь ко мне беспредельна, я знаю; но ты не можешь ощущать и сотой доли того, что я чувствую в эту минуту. Мое сердце так полно, так полно! Аркаша! Я недостоин этого счастия! Я слышу, я чувствую это. За что мне, — говорил он голосом, полным заглушенных рыданий, — что я сделал такое, скажи мне! Посмотри, сколько людей, сколько слез, сколько горя, сколько будничной жизни без праздника! А я! меня любит такая девушка, меня... но ты сам ее увидишь сейчас, сам оценишь это благородное сердце. Я родился из низкого звания, теперь чин у меня и независимый доход — жалованье. Я родился с телесным недостатком, я кривобок немного. Смотри, она меня полюбила, как я есть. Сегодня Юлиан Мастакович был такой нежный, такой внимательный, такой вежливый; он со мною редко говорит; подошел: «Ну, что, Вася (ей-богу, так-таки Васей и назвал), кутить пойдешь на праздниках, а?» (Сам смеется.)

Und ich sagte ihm: ›Exzellenz,‹ sagte ich, ›ich habe ja zu tun!‹ Doch dann fasste ich mir Mut und sagte: ›Vielleicht werde ich mich auch etwas amüsieren, Exzellenz!‹ Bei Gott, das sagte ich ihm. Er gab mir sofort Geld und richtete an mich noch einige Worte. Ich war, mein Lieber, so gerührt, dass mir Tränen in die Augen traten; er war anscheinend auch etwas gerührt; er klopfte mich auf die Schulter und sagte: ›Sei immer so dankbar und ergeben, wie du es jetzt bist, Wassja!‹«

Wassja verstummte für eine Weile. Arkadij Iwanowitsch wandte sich weg und wischte sich gleichfalls einige Tränen aus den Augen.

»Und dann noch etwas ...,« sagte Wassja fortfahrend. »Ich habe es dir ja noch niemals gesagt, Arkadij ... Arkadij! Du beglückst mich so sehr mit deiner Freundschaft, ohne dich könnte ich gar nicht leben, – nein, nein, widersprich mir nicht! Lass mich deine Hand drücken, lass mich dir danken ...« Wassja kam nicht weiter.

Arkadij Iwanowitsch wollte schon Wassja um den Hals fallen; da sie aber gerade die Straße überquerten und plötzlich dicht hinter ihren Ohren den warnenden Schrei eines Kutschers: »A – achtung!« hörten, liefen sie beide erregt und erschrocken, so schnell sie konnten, aufs Trottoir. Arkadij Iwanowitsch war über diesen Zwischenfall sogar froh. Er entschuldigte Wassjas Erguss von Dankbarkeit nur mit der ganz außergewöhnlich gehobenen Stimmung, in der sich dieser augenblicklich befand. Denn er selbst machte sich Vorwürfe, dass er bisher so wenig für seinen Freund getan hatte! Er schämte sich sogar, als Wassja ihm für die wenigen Gefälligkeiten, die er ihm erwiesen, zu danken begann! Er hatte aber noch sein

«Так и так, говорю, ваше превосходительство, дело есть, да тут же ободрился и говорю: — и повеселюсь, может быть, ваше превосходительство», — ей-богу, сказал. Он мне тут денег дал, потом еще сказал мне два слова. Я, брат, заплакал, ей-богу, слезы прошибли, а он тоже, кажется, тронут был, потрепал меня по плечу да говорит: «Чувствуй, Вася, чувствуй всегда так, как теперь это чувствуешь...»

Вася замолк на мгновение. Аркадий Иванович отвернулся и тоже отер кулаком слезинку.

— И еще, еще... — продолжал Вася. — Я никогда еще не говорил тебе этого, Аркадий... Аркадий! Ты так счастливишь меня дружбой своею, без тебя я бы не жил на свете, — нет, нет, не говори ничего, Аркаша! Дай мне пожать тебе руку, дай по...благо...дар...ить тебя!.. — Вася опять не докончил.

Аркадий Иванович хотел прямо броситься Васе на шею, но так как они переходили улицу и почти над ушами их раздалось визгливое «падь-падь-пади!» — то оба, испуганные и взволнованные, добежали бегом до тротуара. Аркадий Иванович был даже рад тому. Он извинил излияние благодарности Васи разве только исключительностию настоящей минуты. Самому же ему было досадно. Он чувствовал, что он до сих пор так мало сделал для Васи! Ему даже стыдно стало за себя, когда Вася начал благодарить его за такую малость! Но еще целая жизнь была впереди, и Аркадий Иванович вздохнул свободнее...

ganzes Leben vor sich: bei diesem Gedanken atmete Arkadij Iwanowitsch wieder freier auf ...

Man hatte schon jede Hoffnung aufgegeben, dass sie kommen würden. Ein Beweis: man saß bereits am Teetische! Doch ältere Leute haben oft einen richtigeren Instinkt als die Jugend, und als was für eine Jugend! Lisa hatte ja ganz ernsthaft behauptet: »Er wird nicht kommen, Mamachen, mein Herz fühlt es, dass er nicht kommen wird.« Doch Mamachen sagte immer wieder, sie habe im Gegenteil das Gefühl, dass er unbedingt kommen werde: dass er keine Ruhe finden und herbeieilen würde, um so mehr als er am Sylvester dienstfrei habe! Doch Lisa glaubte noch immer nicht, selbst als sie die Türe öffnete, und sie traute ihren Augen nicht, als die beiden eintraten. Sie war vor Erregung ganz atemlos; ihr Herzchen begann plötzlich wie bei einem eingefangenen Vöglein zu klopfen, und sie wurde so rot wie eine Kirsche, mit der sie auch sonst einige Ähnlichkeit hatte. Mein Gott, diese Überraschung! Was für ein freudiges »Ach!« flog ihr von den Lippen! »Du Treuloser! Du Lieber!« rief sie, Wassenka umarmend ... Doch stellen Sie sich vor, wie sie plötzlich erstaunte und verlegen wurde: gerade hinter Wassjas Rücken stand, etwas verlegen, als wollte er sich hinter seinem Freund verstecken, Arkadij Iwanowitsch. Ich muss an dieser Stelle be-merken, dass Arkadij Iwanowitsch sich in Damen-gesellschaft immer etwas unsicher fühlte; es passierte ihm sogar einmal ... Doch davon später. Versuchen Sie sich nur in seine Lage zu versetzen! Es ist wirklich nicht zum Lachen! Er steht im Vorzimmer in Galoschen und Mantel, will sich seine Mütze mit den Ohrenklappen vom Kopfe reißen, und sein Kopf ist ganz mit einem entsetzlichen gelben gestrickten Schal umwickelt, der zum größeren Effekt im Nacken ver-

Решительно, их совсем перестали ждать! Доказательство — что уж сидели за чаем! А право,
иногда стар-человек прозорливее молодежи, да
еще какой молодежи! Ведь Лизанька-то пресерьезно уверяла, что не будет; «не будет, маменька;
уж сердце чувствует, что не будет»; а маменька
всё говорила, что ее сердце, напротив, чувствует,
что непременно будет, что не усидит, что прибежит, что и занятий-то служебных теперь нет у
него, что и под Новый-то год! Лизанька, и отворяя, не ждала совсем — глазам не верила, и
встретила их запыхавшись, с забившимся внезапно сердечком, как у пойманной пташки, вся
заалев, зарумянившись, словно вишенка, на которую она ужасно как походила. Боже мой, какой сюрприз! какое радостное «ах!» вылетело из
ее губок! «Обманщик! Голубчик ты мой!» —
вскричала она, обвив шею Васи... Но представьте
всё удивление ее, весь ее стыд внезапный: прямо
за Васей, как будто желая спрятаться сзади его,
стоял, немного потерявшись, Аркадий Иванович. Нужно признаться, что он был неловок с
женщинами, даже очень неловок, даже однажды
случилось, что... Но это потом. Однако ж войдите и в его положение: смешного тут нет ничего;
он стоит в передней, в калошах, в шинели, в
ушатой шапке, которую поспешил было сдернуть, весь пребезобразно обмотанный желтым
вязаным прескверным шарфом, еще для большего эффекта завязанным сзади. Всё это нужно
распутать, снять поскорее, представиться в более
выгодном виде, потому что нет человека, который не желал бы представиться в более выгод-

knotet ist. Das alles muss er nun entwirren, aufbinden, um so bald als möglich in vorteilhafterer Gestalt zu erscheinen, denn es gibt keinen Menschen, der nicht wünschte, möglichst vorteilhaften Eindruck zu machen. Und neben ihm steht der unausstehliche und unerträgliche, andererseits natürlich der sonst so liebe und gute Wassja, doch in diesem Augenblick – der unerträgliche und erbarmungslose, und schreit: »Hier ist mein Arkadij, Lisa! Wie gefällt er dir? Er ist mein bester Freund! Umarme und küsse ihn, liebe Lisa! Gib ihm zuerst einen Kuss; und wenn du ihn später näher kennenlernst, wirst du ihm noch mehr Küsse geben ...« Wie gefällt das Ihnen? Ich frage: was blieb dem Arkadij Iwanowitsch zu tun übrig? Und er hatte seinen Schal erst zur Hälfte aufgebunden! Ich muss mich manchmal selbst für Wassjas übertriebene Begeisterung schämen; sie ist ja meistens der Beweis für Herzensgüte, doch immerhin ... Es war peinlich und ungeschickt!

Endlich traten sie in den Salon ... Die alte Dame war unsagbar erfreut, Arkadij Iwanowitsch kennenzulernen; sie hätte ja schon so viel von ihm gehört, sie ... Sie kam nicht weiter. Ein helles, freudiges »Ach!«, das plötzlich ertönte, unterbrach sie mitten im Satze. Mein Gott! Lisa stand mit kindlich gefalteten Händen vor dem Häubchen, das plötzlich aus seiner Umhüllung zum Vorschein gekommen war, und lächelte, lächelte ... Mein Gott! Warum hat es bei Madame Leroux nicht ein noch viel schöneres Häubchen gegeben?!

Aber, mein Gott, wo kann man denn auch ein schöneres Häubchen finden?

ном виде. А тут Вася, досадный, несносный, хотя, впрочем, конечно, тот же милый, добрейший Вася, но, наконец, несносный, безжалостный Вася! «Вот, — кричит он, — Лизанька, вот тебе мой Аркадий! Каков? Вот мой лучший друг, обними его, поцелуй его, Лизанька, наперед поцелуй, узнаешь потом лучше, сама расцелуешь...» Ну что? ну что, я спрашиваю, было делать Аркадию Ивановичу? А он еще размотал всего половину шарфа! Право, мне даже иногда совестно за излишнюю восторженность Васи; она, конечно, означает доброе сердце, но... неловко, нехорошо!

Наконец оба вошли. Старушка была несказанно рада познакомиться с Аркадием Ивановичем; она так много слышала, она... Но она не докончила. Радостное «ах!», звонко раздавшееся в комнате, остановило ее на пол-фразе. Боже мой! Лизанька стояла перед развернутым неожиданно чепчиком, пренаивно сложив свои ручки и улыбаясь, улыбаясь так... Боже мой, да зачем это у madame Леру не было еще лучшего чепчика!

Ах, боже мой, да где ж вы найдете чепчик лучше?

Ich meine es durchaus ernst! Mich ärgert und kränkt es sogar, wenn Verliebte so undankbar sind! Schauen Sie nur her, meine Herrschaften, und sagen Sie selbst, ob es überhaupt etwas Schöneres als dieses entzückende, göttliche Häubchen geben kann! Bitte, schauen Sie es sich nur an! Doch nein, nein, meine Vorwürfe sind unbegründet: sie sind mit mir bereits alle einverstanden; es war nur eine momentane Verirrung, ein Fieberanfall, der ihre Sinne verwirrte; und ich will ihnen gerne verzeihen ... Schauen Sie es sich dennoch an! ... Sie müssen mich schon entschuldigen, meine Herrschaften, ich spreche noch immer von diesem Häubchen: es ist aus ganz leichtem Tüll, zwischen dem Kopfteil und der Rüsche läuft ein breites, von einer Spitze verdecktes kirschrotes Band, und zwei weitere breite und lange Bänder sind rückwärts angebracht: sie werden etwas unterhalb des Nackens auf den Hals herabfallen ... Man muss das ganze Häubchen etwas in den Nacken rücken: Schauen Sie nur her! Und ich werde Sie dann nach Ihrer Ansicht fragen! Ich sehe aber, dass Sie gar nicht hinschauen! Das Häubchen scheint Sie gar nicht zu interessieren ... Sie haben Ihren Blick auf etwas anderes gerichtet ... Sie sehen, wie zwei große perlengleiche Tränen blitzschnell in die pechschwarzen Augen treten, wie sie einen Augenblick in den langen Wimpern zittern und dann in dieses Nichts, das eigentlich Tüll ist und aus dem das Kunstwerk der Madame Leroux gebildet ist, herabfallen. Doch ich muss mich schon wieder ärgern: diese beiden Tränen galten anscheinend nicht nur dem Häubchen allein! Nein, so einen Gegenstand soll nur ein ganz kaltblütiger Mensch schenken; nur dann kann man seinen Wert richtig einschätzen! Ich muss gestehen, meine Herrschaften, ich gäbe für das Häubchen alles her!

Это уж из рук вон! Где же вы сыщете лучше? Я говорю серьезно! Меня, наконец, даже приводит в некоторое негодование, даже огорчает немного такая неблагодарность влюбленных. Ну, посмотрите сами, господа, посмотрите, что может быть лучше этого амурчика-чепчика! Ну, взгляните... Но нет, нет, мои пени напрасны; они уже согласились все со мною; это было минутное заблуждение, туман, горячка чувства; я готов им простить... Да зато посмотрите... вы уж извините, господа, я всё об этом чепчике: тюлевый, легонький, широкая серизовая лента, покрытая кружевом, идет между тульею и рюшем и сзади две ленты, широкие, длинные; они будут падать немного ниже затылка, на шею... Нужно только и весь чепчик немного надеть на затылок; ну, посмотрите; ну, я вас спрошу после этого!.. Да вы, я вижу, не смотрите!.. Вам, кажется, всё равно! Вы загляделись в другую сторону... Вы смотрите, как две крупные-крупные, словно перлы, слезинки накипели в один миг в черных как смоль глазках, задрожали на мгновение на длинных ресницах и потом канули на этот скорее воздух, чем тюль, из которого состояло художественное произведение madame Леру... И опять мне досадно: ведь почти не за чепчик были эти две слезинки!.. Нет! По-моему, такую вещь нужно дарить хладнокровно. Тогда только можно истинно оценить ее! Я, признаюсь, господа, всё за чепчик!

Man nahm Platz: Wassja neben Lisa, und das alte
Mütterchen neben Arkadij Iwanowitsch; ein Gespräch
kam in Fluss, und Arkadij Iwanowitsch war der
Situation durchaus gewachsen. Ich stelle dies mit
Genugtuung fest. Nach einigen einleitenden Worten
über Wassja, brachte er das Gespräch sehr geschickt
auf Wassjas Wohltäter – Julian Mastakowitsch. Und er
sprach so klug, so klug, dass das Gespräch eine ganze
Stunde im Flusse blieb. Man muss es wirklich mit an-
gehört haben, mit welchem Geschick und Takt Arkadij
Iwanowitsch einige Eigentümlichkeiten Julian
Mastakowitschs streifte, die eine direkte oder indirekte
Beziehung zu Wassja hatten. Die alte Dame war nun
auch wirklich ganz bezaubert: Sie gestand es auch
selbst ein; sie rief Wassja etwas zur Seite und sagte
ihm, dass sein Freund ein ganz ausgezeichneter und
wohlerzogener junger Mann sei; vor allen Dingen aber
ein ernster und solider junger Mann. Wassja war nahe
daran, vor Entzücken aufzulachen. Er musste denken,
wie dieser solide Arkascha ihn eine viertel Stunde lang
auf dem Bette gewürgt hatte! Die alte Dame zwinkerte
Wassja zu und bat ihn, ihr leise und unbemerkt in das
andere Zimmer zu folgen. Ich muss gestehen, dass ihre
Handlungsweise gegen Lisa nicht ganz einwandfrei
war: von überschwänglichen Gefühlen verleitet, be-
ging sie einen Treuebruch an ihrer Tochter und zeigte
Wassja das Geschenk, das diese ihm als Überraschung
zu Neujahr zugedacht hatte. Es war eine mit Glas-
perlen und Gold bestickte Brieftasche; die Zeichnung
war entzückend: auf der einen Seite war ein sehr
schnell rennender Hirsch dargestellt, so natürlich, so
ungemein ähnlich und lebenswahr! Auf der anderen
Seite war das Bildnis eines sehr bekannten Generals
gestickt, gleichfalls vorzüglich ausgeführt und
sprechend ähnlich. Von Wassjas Entzücken will ich

Уселись — Вася с Лизанькой, а старушка с Аркадием Ивановичем; начали разговор, и Аркадий Иванович вполне поддержал себя. Я с радостию отдаю ему справедливость. Даже трудно было ожидать от него. После двух слов об Васе он превосходно успел заговорить об Юлиане Мастаковиче, его благодетеле. Да так умно, так умно заговорил, что разговор, право, не истощился и в час. Нужно было видеть, с каким умением, с каким тактом касался Аркадий Иванович некоторых особенностей Юлиана Мастаковича, имевших прямое или косвенное отношение к Васе. Зато и старушка была очарована, истинно очарована: она сама призналась в этом, она нарочно отозвала Васю в сторону и там сказала ему, что друг его превосходнейший, любезнейший молодой человек и, главное, такой серьезный, солидный молодой человек, Вася чуть не захохотал от блаженства. Он вспомнил, как солидный Аркаша вертел его четверть часа на постели! Потом старушка мигнула Васе и сказала, чтоб он вышел за нею тихонько и осторожнее в другую комнату. Нужно сознаться, она немного дурно поступила относительно Лизаньки: она, конечно от избытка сердца, изменила ей и вздумала показать потихоньку подарок, который готовила Лизанька Васе к Новому году. Это был бумажник, шитый бисером, золотом и с превосходнейшим рисунком: на одной стороне изображен был олень, совершенно как натуральный, который чрезвычайно шибко бежал, и так похоже, так хорошо! На другой стороне был портрет одного известного генерала, тоже пре-

schon gar nicht reden. Doch auch die im Salon Zurückgebliebenen hatten ihre Zeit nicht unnütz vergeudet. Lisa war auf Arkadij Iwanowitsch zugegangen, hatte seine beiden Hände ergriffen und ihm für irgend etwas gedankt; Arkadij Iwanowitsch hatte begriffen, dass die Rede wiederum vom teuren Wassja war. Lisa war sogar tief gerührt: sie hätte gehört, dass Arkadij Iwanowitsch ein so guter und aufrichtiger Freund ihres Bräutigams sei, dass er ihn so liebte, bemutterte und auf Schritt und Tritt mit seinen heilsamen Ratschlägen begleitete; darum könne sie, Lisa, nicht umhin, ihm zu danken; ja, sie könne das Gefühl ihrer Dankbarkeit gar nicht unterdrücken; sie hoffe, dass Arkadij Iwanowitsch auch sie lieb gewinnen würde, und wenn auch nur halb so wie er seinen Freund liebte. Dann erkundigte sie sich, ob Wassja seine Gesundheit genügend schone, äußerte einige Bedenken wegen der allzugroßen Entzündbarkeit von Wassjas Charakter, wegen seines Mangels an Menschenkenntnis sowie seiner Unkenntnis des praktischen Lebens überhaupt; sagte, dass sie hingebungsvoll auf ihn aufpassen und sein Schicksal mit liebevoller Hand leiten würde, und dass sie schließlich hoffe, Arkadij Iwanowitsch werde sie beide nicht verlassen, sondern bei ihnen wohnen.

»Wir wollen alle drei wie ein Mensch sein!« rief sie in naiver Begeisterung aus.

Doch die Gäste mussten aufbrechen. Man versuchte natürlich, sie zurückzuhalten, Wassja erklärte aber mit aller Entschiedenheit, dass es nicht ginge. Arkadij Iwanowitsch bestätigte dies.

восходно и весьма похоже отделанный. Я уж не говорю о восторге Васи. Между тем и в зале не прошло даром время. Лизанька прямо подошла к Аркадию Ивановичу. Она взяла его за руки, она за что-то благодарила его, и Аркадий Иванович догадался наконец, что дело идет о том же драгоценнейшем Васе. Лизанька даже была глубоко растрогана: она слышала, что Аркадий Иванович был такой истинный друг ее жениха, так любил его, так наблюдал за ним, напутствовал на каждом шагу спасительными советами, что, право, она, Лизанька, не может не благодарить его, не может удержаться от благодарности, что она надеется, наконец, что Аркадий Иванович полюбит и ее хоть вполовину так, как любит Васю. Потом она стала расспрашивать, бережет ли Вася свое здоровье, изъявила некоторые опасения насчет особенной пылкости его характера, насчет несовершенного знания людей и практической жизни, сказала, что она религиозно будет со временем наблюдать за ним, хранить и лелеять судьбу его и что она надеется, наконец, что Аркадий Иванович не только их не оставит, но даже жить будет с ними вместе.

— Мы будем втроем как один человек! — вскричала она в пренаивном восторге.

Но нужно было идти. Разумеется, стали удерживать, но Вася объявил наотрез, что нельзя. Аркадий Иванович засвидетельствовал то же самое.

Man fragte sie selbstverständlich nach den Gründen, und nun kam es heraus, dass Julian Mastakowitsch Wassja mit einer höchst dringenden und furchtbar wichtigen Arbeit betraut hatte, die unbedingt übermorgen früh abgeliefert werden musste, während Wassja diese Arbeit nicht nur nicht fertiggemacht habe, sondern auch furchtbar im Rückstande sei. Mütterchen schrie vor Entsetzen förmlich auf; auch Lisa erschrak sehr; sie wurde unruhig und drängte Wassja zum Gehen. Der Abschiedskuss hat aber unter dieser Eile nicht im geringsten gelitten: Er war kürzer und hastiger, dafür aber glühender und leidenschaftlicher. Schließlich trennte man sich, und beide Freunde traten den Heimweg an.

Sobald sie auf der Straße waren, begannen sie sofort ihre Eindrücke auszutauschen. Das war, ja durchaus natürlich: Arkadij hatte sich bereits sterblich in Lisa verliebt! Und wem sollte er es anvertrauen, wenn nicht dem Glückspilz Wassja? Er tat es auch ganz ohne Bedenken und gestand Wassja alles. Wassja musste furchtbar lachen und war ganz außer sich vor Freude; er meinte sogar, dass die Verliebtheit Arkadijs durchaus nicht überflüssig sei und dass sie beide von nun an noch bessere Freunde sein würden als zuvor. »Du hast mich richtig verstanden, Wassja,« sagte Arkadij Iwanowitsch: »ich liebe sie genau so wie dich; sie wird mein Schutzengel sein ebenso wie der deinige, denn euer Glück wird sich auch über mich ergießen, und ich werde mich in seinen Strahlen wärmen. Sie wird auch meine Hausfrau sein, Wassja. In ihren Händen wird mein Glück ruhen; ich möchte, dass sie auch in meinem Leben ebenso walten wie in dem deinigen. Ja, meine Freundschaft zu dir ist zugleich auch die Freundschaft zu ihr; ihr beide seid jetzt für mich unzertrennbar; nur werde ich jetzt zwei

Спросили, разумеется, почему, и немедленно открылось, что было дело, вверенное Юлианом Мастаковичем Васе, спешное, нужное, ужасное, которое нужно представить послезавтра утром, а что оно не только не кончено, но даже запущено совершенно. Маменька ахнула, как услышала об этом, а Лизанька просто испугалась, встревожилась и даже погнала Васю. Последний поцелуй вовсе не проиграл от этого; он был короче, поспешней, но зато горячее и крепче. Наконец расстались, и оба друга пустились домой.

Немедленно оба взапуски начали поверять друг другу свои впечатления, только что очутились на улице. Да тому так и следовало быть: Аркадий Иванович был влюблен, насмерть влюблен в Лизаньку! И кому ж это лучше поверить, как не самому счастливчику Васе? Он так и сделал: он не посовестился и тотчас же признался Васе во всем. Вася ужасно смеялся и страшно был рад, даже заметил, что это вовсе не лишнее и что теперь они будут еще больше друзьями. «Ты угадал меня, Вася, — сказал Аркадий Иванович, — да! я люблю ее так, как тебя; это будет и мой ангел, так же как твой, затем что и на меня ваше счастие прольется, и меня пригреет оно. Это будет и моя хозяйка, Вася; в ее руках будет счастие мое; пусть хозяйничает как с тобою, так и со мной. Да, дружба к тебе, дружба к ней; вы у меня нераздельны теперь; только у меня будут два такие существа, как ты, вместо одного...»

solche Wesen wie du haben, statt des einen ...« Arkadij konnte vor Aufregung nicht weiter sprechen, während Wassja durch diese Worte bis ins Innerste seiner Seele erschüttert war. Er hatte nämlich von Arkadij niemals solche Worte erwartet. Arkadij Iwanowitsch verstand ja sonst gar nicht zu sprechen und war allen Schwärmereien abhold; jetzt baute er auf einmal Luftschlösser, das eine freudiger, lichter und kühner als das andere! »Wie werde ich für euch sorgen und euch bemuttern!« begann er von neuem. »Erstens werde ich der Taufpate aller deiner Kinder sein, Wassja, aller ohne Ausnahme; und zweitens – muss man auch an die Zukunft denken. Man muss Möbel kaufen, eine Wohnung mieten und zwar eine solche, dass jeder von uns Dreien ein Zimmer für sich hat. Weißt du, Wassja, ich will gleich morgen gehen, die Zettel an den Haustoren studieren. Drei ... nein – zwei Zimmer, mehr brauchen wir nicht. Ich glaube sogar, Wassja, dass ich Unsinn gesprochen habe: das Geld wird euch schon reichen; ganz gewiss! Als ich ihr vorhin in die Äuglein blickte, rechnete ich im Nu aus, dass das Geld reichen wird. Alles für sie! Ach, wie wir nun arbeiten werden! Man muss riskieren und fünfundzwanzig Rubel für die Wohnung auswerfen. Denn die Wohnung bedeutet alles! Wenn man gute Zimmer hat, so ist man auch gut gelaunt und hat angenehme Gedanken! Zweitens, wird Lisa unsere gemeinsame Kasse verwalten: es darf keine Kopeke unnütz ausgegeben werden! Dass ich jetzt wieder einmal ins Wirtshaus gehe? Für wen hältst du mich eigentlich? Um nichts in der Welt! Auch wird es Gehaltszulagen und Gratifikationen geben, denn wir werden jetzt mit doppeltem Eifer arbeiten. Herrgott, wie wir arbeiten werden! Wie die Ochsen!

Аркадий замолчал от избытка чувств; а Вася был потрясен до глубины души его словами. Дело в том, что он никогда не ожидал таких слов от Аркадия. Аркадий Иванович вообще говорить не умел, мечтать тоже совсем не любил; теперь же тотчас пустился и в мечтания самые веселые, самые свежие, самые радужные! «Как я буду хранить вас обоих, лелеять вас, — заговорил он опять. — Во-первых, я, Вася, буду у тебя всех детей крестить, всех до единого, а во-вторых, Вася, надобно похлопотать и о будущем. Нужно мебель купить, нужно квартиру нанять, так чтоб и ей, и тебе, и мне были каморки отдельные. Знаешь, Вася, я завтра же побегу смотреть ярлыки на воротах. Три... нет, две комнаты, нам больше не нужно. Я даже думаю, Вася, что я сегодня вздор говорил, денег достанет; чего! я как взглянул в ее глазки, так тотчас расчел, что достанет. Всё для нее! Ух, как будем работать! Теперь, Вася, можно рискнуть и заплатить рублей двадцать пять за квартиру. Квартира, брат, всё! Хорошие комнаты... да тут и человек весел и мечтания радужные! А во-вторых, Лизанька будет наш общий кассир: ни копейки лишней! Чтоб этак я теперь в трактир побежал! да за кого ты меня принимаешь? ни за что! А тут прибавка, награды будут, потому что мы будем прилежно служить, у! Как работать, как волы землю пахать!..

Nun stelle dir vor,« – Arkadij Iwanowitschs Stimme wurde vor Seligkeit ganz matt, »stelle dir vor, dass jeder von uns so ganz unerwartet dreißig oder fünfundzwanzig Rubel als Gratifikation bekommt! Jede Gehaltszulage bedeutet aber ein neues Häubchen, oder Tüchlein, oder ein Paar Strümpfchen! Sie muss mir, übrigens, unbedingt einen neuen Schal stricken; schau, wie der meinige aussieht: gelb, ekelhaft; heute hat er mir genug Kummer gemacht! Auch du bist gut, Wassja! Stellst mich ihr vor, während ich in diesem Kummet dastehe ... Doch das gehört nicht zur Sache! Weißt du: das ganze Silber nehme ich auf mich! Ich muss ja euch ein Hochzeitsgeschenk machen, – das verlangt meine Ehre und meine Selbstachtung! Eine Neujahrszulage kriege ich ja sicher; wem wird man sie denn sonst geben? Vielleicht dem Skorochodow? Das Geld würde bei ihm nicht lange in der Tasche bleiben. Ich will euch silberne Löffel kaufen, gute Tafelmesser, keine aus Silber, aber vortreffliche Messer, und eine Weste; d. h. die Weste für mich selbst, denn ich will ja euer Trauzeuge sein! Du musst dich aber jetzt zu-sammennehmen, mein Lieber! Von heute ab werde ich dich Tag und Nacht mit dem Stock antreiben, auf dich aufpassen, dir keinen Augenblick Ruhe geben, bis du mit der Arbeit fertig bist! Du musst sie schnell fertig machen! Und wenn du fertig bist, gehen wir wieder abends hin, und werden beide glücklich sein, werden Lotto spielen, – Gott, wird das herrlich sein! Pfui, Teufel! Wie schade, dass ich dir nicht helfen kann. Ich würde mich einfach hinsetzen und alles statt deiner fertig schreiben ... Warum haben wir nicht die gleiche Handschrift?«

»Ja!« sagte Wassja. »Ja! Ich muss mich beeilen ... An die Arbeit!«

Ну, представь себе, — и голос Аркадия Ивановича ослабел от удовольствия, — вдруг этак совсем неожиданно целковых тридцать иль двадцать пять на голову!.. Ведь что ни награда, то чепчик, то шарфик, чулочки какие-нибудь! Она мне непременно должна связать шарф; смотри, какой скверный у меня: желтый, поганый, наделал он мне сегодня беды! Да и ты, Вася, хорош: представляешь, а я в хомуте стою... да не в том вовсе дело! А вот, видишь ли: я всё серебро беру на себя! я вам ведь обязан сделать подарочек — это честь, это мое самолюбие!.. А ведь наградные мои не уйдут: Скороходову, что ли, их отдадут? небось не залежатся они у этой цапли в кармане. Я, брат, вам куплю ложек серебряных, ножей хороших — не серебряных ножей, а отличных ножей, и жилетку, то есть жилетку-то себе: я ведь шафером буду! Только уж ты теперь держись у меня, уж держись, уж я над тобой, брат, и сегодня, и завтра, и всю ночь буду с палкой стоять, замучаю на работе: кончай! кончай, брат, скорее! и потом опять на вечер, и потом оба счастливы; в лото пустимся!.. вечера сидеть будем — у, хорошо! фу, черт! как досадно, что не могу тебе помогать. Так бы взял и всё бы, всё бы писал за тебя... Зачем это у нас не одинаковый почерк?»

— Да! — ответил Вася. — Да! нужно спешить.

Bei diesen Worten wurde Wassja, der die ganze Zeit über bald gelacht, bald die Ergüsse seines Freundes mit irgendeiner Zwischenbemerkung zu unterbrechen versucht hatte und, mit einem Worte, die größte Begeisterung für alles gezeigt hatte, plötzlich nachdenklich, schweigsam und still und begann zu rennen. Es war, als ob irgendein schwerer Gedanke seinen glühenden Kopf mit Eis abgekühlt hätte; als ob sein Herz zusammengeschrumpft wäre.

Arkadij Iwanowitsch wurde sogar unruhig; auf seine hastigen Fragen bekam er fast keine Antwort von Wassja; dieser reagierte nur mit wenigen Worten, und Ausrufen, die zuweilen gar nicht zur Sache gehörten. »Was hast du nur, Wassja?« rief er schließlich aus, als er ihn mit großer Mühe einholte. »Bist du denn so um deine Arbeit besorgt?« – »Ach, mein Lieber, wir haben genug geschwatzt!« entgegnete Wassja ärgerlich. »Wassja, verzage nicht, beruhige dich!« unterbrach ihn Arkadij Iwanowitsch: »Wie oft habe ich schon gesehen, dass du ein viel größeres Pensum in viel kürzerer Frist bewältigt hast ... Das macht dir wirklich keine Mühe! Du hast doch eine solche Begabung! Im äußersten Falle kannst du einfach das Schreibtempo beschleunigen: deine Abschrift soll doch nicht als eine Vorlage für den Schönschreibeunterricht lithografiert werden! Du wirst schon fertig werden! Jetzt bist du eben etwas aufgeregt und zerstreut, und die Arbeit wird anfangs etwas schwieriger vonstattengehen ...« Wassja gab keine Antwort, oder brummte etwas Unverständliches vor sich hin. Endlich erreichten beide, von Unruhe gepeinigt, ihre Wohnung.

Wassja setzte sich sofort an die Arbeit. Arkadij Iwanowitsch wurde ganz still, zog sich leise aus und legte sich ins Bett, ohne seine Blicke auch nur für einen

Я думаю, теперь часов одиннадцать будет; нужно спешить... За работу! — И, проговорив это, Вася, который всё время то улыбался, то как-нибудь старался прервать каким-нибудь восторженным замечанием излияние дружеских чувств и, одним словом, оказывал самое полное одушевление, вдруг присмирел, замолчал и пустился чуть не бегом по улице. Казалось, какая-то тяжкая идея вдруг оледенила его пылавшую голову; казалось, всё сердце его сжалось.

Аркадий Иванович даже стал беспокоиться; на ускоренные вопросы свои он почти не получал ответов от Васи, который отделывался словцом-другим, иногда восклицанием, часто вовсе не относившимся к делу. «Да что с тобой, Вася? — закричал он наконец, едва догоняя его. — Неужели ты так беспокоишься?..» «Ах, брат, полно болтать!» — ответил Вася даже с досадою. «Не унывай, Вася, полно, — прервал Аркадий, — да я видывал, что ты и гораздо больше в меньший срок писывал... чего тебе! у тебя просто талант! В крайнем случае можно даже ускорить перо: ведь не литографировать же на прописи будут. Успеешь!.. вот разве только ты взволнован теперь, рассеян, так работа тяжелее пойдет...» Вася не отвечал или пробормотал что-то под нос, и оба в решительной тревоге добежали домой.

Вася тотчас же сел за бумаги. Аркадий Иванович присмирел и притих, втихомолку разделся и лег на кровать, не спуская глаз с Васи... Какой-то страх нашел на него...

Augenblick von Wassja zu wenden ... Ihn überfiel eine eigentümliche Angst ... »Was ist mit ihm los?« fragte er sich, Wassjas blasses Gesicht, brennende Augen und unruhige Bewegungen betrachtend. »Seine Hand zittert ... Verflucht! Soll ich ihm am Ende zureden, dass er sich für etwa zwei Stunden hinlegt, damit er wenigstens seine Aufregung ausschläft? ...« Wassja hatte gerade eine Seite beendet; er hob die Augen, doch als sein Blick zufällig Arkadij traf, schlug er sie sofort nieder und ergriff von neuem die Feder.

»Höre einmal, Wassja,« begann plötzlich Arkadij Iwanowitsch, »wäre es nicht besser, wenn du etwas ausruhtest? Sieh nur: du bist wie im Fieber! ...« Wassja warf Arkadij einen ärgerlichen, sogar gehässigen Blick zu und erwiderte nichts.

»Höre einmal, Wassja, was machst du mit dir?« Wassja schien plötzlich zur Vernunft gekommen zu sein.

»Sollte ich nicht etwas Tee trinken, was meinst du, Arkascha?« sagte er.

»Warum? Wozu?«

»Das kann mich etwas stärken. Ich will nicht mehr schlafen, ich werde nicht schlafen! Ich werde die Nacht durcharbeiten. Beim Teetrinken kann ich mich etwas erholen und den schweren Augenblick überstehen.«

»Ausgezeichnet, mein Lieber! Glänzend! Ich wollte eben dasselbe vorschlagen. Ich wundere mich nur, dass ich nicht schon früher auf diesen Gedanken kam. Weißt du aber was? Mawra wird nicht aufstehen wollen, sie wird um nichts in der Welt aufwachen ... «

»Ja!«

»Unsinn! Das macht nichts!« schrie Arkadij Iwanowitsch auf und sprang barfuß, wie er war, aus

«Что с ним? — сказал он про себя, смотря на побледневшее лицо Васи, на разгоревшиеся глаза его, на беспокойство, выказавшееся в каждом движении. — У него и рука дрожит... фу ты, право! да не посоветовать ли ему заснуть часа два; хоть бы он переспал свое раздражение». Вася только что окончил страницу, поднял глаза, нечаянно взглянул на Аркадия и, тотчас же потупившись, схватился опять за перо.

— Послушай, Вася, — начал вдруг Аркадий Иванович, — не лучше ль было бы тебе переспать немножко? Смотри, ты совсем в лихорадке...

Вася с досадой, даже со злостью взглянул на Аркадия и не отвечал.

Послушай, Вася, что ты над собой делаешь?..

Вася тотчас одумался.

— Не выпить ли чайку, Аркаша? — сказал он.

— Как так? Рачем?

— Силы придаст. Я спать не хочу, уж я спать не буду! Я всё буду писать. А теперь и отдохнул бы за чаем, да и мгновение тяжелое перешло бы.

— Лихо, брат Вася, чудесно! Именно так; я сам хотел предложить. Но я дивлюсь, как мне самому не пришло в голову. Только знаешь ли что? Мавра не встанет, ни за что не проснется...

— Да...

— Вздор, ничего! — закричал Аркадий Иванович, вскочив босиком с постели. — Я сам самовар поставлю. Впервой, что ли, мне?..

dem Bette. »Ich werde selbst den Samowar bereiten. Das ist doch wirklich nicht das erste Mal!«

Arkadij Iwanowitsch lief in die Küche und machte sich am Samowar zu schaffen; Wassja schrieb indessen weiter. Arkadij Iwanowitsch kleidete sich an und lief in eine Bäckerei, damit Wassja sich zur Nacht ordentlich stärken könnte. Nach einer Viertelstunde stand der Samowar auf dem Tisch. Sie tranken Tee, doch ein Gespräch wollte nicht zustande kommen. Wassja war zu zerstreut.

»Ja,« sagte er plötzlich, wie zur Besinnung kommend, »morgen muss ich ja Neujahrsvisiten machen ...«

»Du musst gar nicht!«

»Nein, mein Lieber, es geht einfach nicht anders!« sagte Wassja.

»Ich will mich statt deiner bei allen Vorgesetzten in die Gratulantenlisten eintragen. Brauchst gar nicht auszugehen. Bleibe nur zu Hause und schreibe. Ich würde dir raten, heute bis fünf Uhr aufzubleiben und dann schlafen zu gehen. Wie wirst du denn sonst morgen aussehen? Ich werde dich dann um punkt acht Uhr wecken ...«

»Geht denn das, dass du dich für mich in die Listen einträgst?« wandte Wassja ein, der mit dem Vorschlag schon halb einverstanden war.

»Warum denn nicht? So machen es alle!«

»Ich fürchte ...«

»Was fürchtest du?«

»Bei den andern ginge es ja noch; doch bei Julian Mastakowitsch – er ist ja mein Wohltäter, Arkascha! Und wenn er merkt, dass es nicht meine Handschrift ist ...«

Аркадий Иванович побежал в кухню и пустился хлопотать с самоваром; Вася покамест писал. Аркадий Иванович оделся и сбегал сверх того в булочную, затем чтоб Вася мог вполне подкрепить себя на ночь. Через четверть часа самовар стоял на столе. Они начали пить, но разговор не клеился. Вася всё был рассеян.

— Вот, — сказал он наконец, как будто одумавшись, — нужно завтра пойти поздравлять...

— Тебе вовсе не нужно.

— Нет, брат, нельзя, — сказал Вася.

— Да я за тебя у всех распишусь... чего тебе! ты завтра работай. Сегодня бы ты посидел часов до пяти, как я говорил, а там и заснул бы. А то на что ты завтра будешь похож? Я бы тебя ровно в восемь часов разбудил...

— Да хорошо ли это будет, что ты за меня распишешься? — сказал Вася, полусоглашаясь.

— Да чего же лучше? так делают все!..

— Право, боюсь...

— Да чего же, чего?

— Оно, знаешь, у других ничего, а Юлиан Мастакович — он, Аркаша, мой благодетель; ну, как заметит, что чужая рука...

»Du glaubst, dass er das merkt? Du bist wirklich sonderbar, Wassjuk! Wie kann er es merken? Du weißt ja, daß ich deine Namensunterschrift täuschend ähnlich nachmachen kann und sogar dieselbe Schleife anhänge wie du sie machst, bei Gott! Lass das! Wer kann das merken?«

Wassja antwortete nichts und trank eilig sein Glas aus. Dann schüttelte er zweifelnd den Kopf.

»Wassja, mein Lieber! Wenn das uns doch gelingen würde! Wassja, was ist mit dir? Du machst mir angst! Weißt du, Wassja, jetzt werde ich mich gar nicht mehr hinlegen, denn ich werde nicht einschlafen können. Zeig mir: Ist dir noch viel übrig geblieben?«

Wassja warf Arkadij Iwanowitsch einen solchen Blick zu, dass diesem das Herz still stand und der Atem stockte.

»Wassja! Was ist mit dir? Was hast du? Was siehst du mich so an?«

»Arkadij! Ich werde morgen zu Julian Mastakowitsch gehen und gratulieren!«

»Gut! Gehe meinetwegen!« sagte Arkadij, ihn erwartungsvoll anblickend. »Höre, Wassja, beschleunige das Tempo: ich werde dir doch nichts Schlechtes raten, bei Gott! Wie oft hat dir schon Julian Mastakowitsch selbst gesagt, dass ihm an deiner Handschrift am meisten die Leserlichkeit gefällt! Nur Skoropljochin verlangt, dass die Handschrift leserlich und zugleich auch kalligrafisch sei, doch nur um später irgendein Papier auf die Seite zu schaffen und es seinen Kindern als Schönschreibvorlage nach Hause zu bringen; als ob sich der Schafskopf nicht richtige Vorlagen kaufen könnte! Doch Julian Mastakowitsch verlangt nur das eine: Leserlichkeit! ... Was willst du noch mehr? Ich

— Заметит! Ну, какой ты, право, Васюк! Ну, как он может заметить?.. Да ведь я, знаешь, твое имя ужасно как похоже подписываю и завиток такой же делаю, ей-богу. Полно; что ты! Кому тут заметить?..

Вася не отвечал и поспешно допивал свой стакан... Потом он сомнительно покачал головою.

— Вася, голубчик! Ах, кабы нам удалось! Вася, да что тобою? Ты меня просто пугаешь! Знаешь, я теперь и не лягу, Вася, не засну. Покажи мне, много ль осталось тебе?

Вася так взглянул на него, что у Аркадия Ивановича сердце повернулось и язык осекся.

— Вася! Что с тобой? Что ты? Чего ты так смотришь?

— Аркадий, я, право, пойду завтра поздравить Юлиана Мастаковича.

— Ну, ступай, пожалуй! — говорил Аркадий, смотря на него во все глаза в томительном ожидании.

— Послушай, Вася, ускори перо; я зла тебе не советую, ей-богу же так! Сколько раз говорил сам Юлиан Мастакович, что у тебя в пере ему всего более нравится четкость! Ведь это Скороплёхин только любит, чтоб было четко и красиво, как пропись, чтоб потом как-нибудь зажилить бумажку да детям домой нести переписывать: не может купить, болван, прописей! А Юлиан Мастакович только и говорит, только и требует: четко, четко и четко!.. чего же тебе! пра-

weiß schon gar nicht, Wassja, wie ich mit dir sprechen soll ... Ich habe sogar Angst ... Du bringst mich mit deinem Trübsinn um!«

»Es ist nichts, es ist nichts ...« sagte Wassja und fiel ermattet in seinen Sessel zurück. Arkadij wurde unruhig.

»Willst du Wasser? Wassja! Wassja!«

»Nein, lass nur,« sagte Wassja, ihm die Hand drückend. »Es ist nichts ... Mir wurde etwas traurig zumute, Arkadij ... Ich weiß selbst nicht warum ... Höre einmal, sprich doch lieber von etwas anderem, erinnere mich nicht daran ...«

»Beruhige dich, Wassja, beruhige dich, um Gottes willen! Du wirst schon fertig! Bei Gott, du wirst fertig! Und wenn du sogar nicht fertig wirst, so ist es auch kein großes Unglück! Das wäre doch wirklich kein Verbrechen!«

»Arkadij!« sagte Wassja und blickte dabei seinen Freund so bedeutungsvoll an, dass dieser noch mehr erschrak; er hatte Wassja noch nie in solcher Unruhe gesehen. »Wäre ich allein, wie früher ... Nein, das ist nicht das Richtige! ... Ich will dir ja alles sagen und anvertrauen wie einem Freunde ... warum soll ich dich, übrigens, beunruhigen? ... Siehst du, Arkadij: den Einen ist viel gegeben, und die Andern verrichten nur Geringes, wie ich. Nun stelle dir vor, dass man von dir ein Zeichen der Dankbarkeit und Anerkennung verlangt, und du es nicht geben kannst? ...«

»Wassja, ich verstehe dich wirklich nicht!«

»Ich bin niemals undankbar gewesen,« fuhr Wassja fort, als redete er zu sich selbst. »Doch wenn ich nicht die Kraft habe, alles auszudrücken, was ich sagen will, so sieht es so aus, als ob ... Das sieht so aus, Arkadij,

во! Вася, я уж не знаю, как и говорить с тобой... Я боюсь даже... Ты меня убиваешь тоской своей.

— Ничего, ничего! — говорил Вася и в изнеможении упал на стул. Аркадий встревожился.

— Не хочешь ли воды? Вася! Вася!

— Полно, полно, — сказал Вася, сжимая его руку. — Я ничего; мне только стало как-то грустно, Аркадий. Я даже и сам не могу сказать отчего. Послушай, говори лучше о другом; не напоминай мне...

— Успокойся, ради бога, успокойся, Вася. Ты докончишь, ей-богу, докончишь! А хоть бы и не докончил, так что ж за беда? Точно преступленье какое!

— Аркадий, — сказал Вася, так значительно смотря на своего друга, что тот решительно испугался, ибо никогда Вася не тревожился так ужасно. — Если б я был один, как прежде... Нет! я не то говорю. Мне всё хочется тебе сказать, поверить, как другу... Впрочем, зачем же беспокоить тебя?.. Видишь, Аркадий, одним дано многое, другие делают маленькое, как я. Ну, если б от тебя потребовали благодарности, признательности — и ты бы не мог этого сделать?..

— Вася! Я решительно не понимаю тебя!

— Я никогда не был неблагодарен, — продолжал Вася тихо, как будто рассуждая сам с собою. — Но если я не в состоянии высказать всего, что чувствую, то оно как будто бы... Оно, Аркадий, выйдет, как будто я и в самом деле неблагодарен, а это меня убивает.

als ob ich wirklich undankbar wäre, und das bringt mich um.«

»Was sagst du da! Besteht denn deine ganze Dankbarkeit nur darin, dass du die Arbeit rechtzeitig ablieferst! Überlege dir selbst, was du sagst! Drückt man denn seine Dankbarkeit auf diese Weise aus?«

Wassja verstummte plötzlich und sah Arkadij mit großen Augen an, als hätte dessen unerwartetes Argument alle seine Bedenken zerstreut. Er lächelte sogar, nahm aber sofort wieder seinen nachdenklichen Gesichtsausdruck an. Arkadij, der dieses Lächeln als das Ende aller Angst und die neue Unruhe als einen Entschluss zu etwas Besserem auffasste, war außerordentlich erfreut.

»Also, lieber Arkascha,« sagte Wassja, »wenn du während der Nacht aufwachst, so schaue nach mir: denn wenn ich einschlafe, gibt es ein Unglück. Und jetzt mache ich mich an die Arbeit ... Arkascha!«

»Was denn?«

»Nein, nichts ... Ich wollte nur ...«

Wassja setzte sich an die Arbeit, und Arkadij legte sich zu Bett. Weder der eine noch der andere hatte auch nur ein Wort von ihrem Besuch in der Kolomna-Vorstadt fallen lassen. Vielleicht fühlten sie sich beide etwas schuldig, weil sie den Nachmittag geopfert hatten. Arkadij schlief bald ein, bange Sorge um Wassja im Herzen. Zu seinem Erstaunen erwachte er um punkt acht Uhr. Wassja schlief auf seinem Stuhl, die Feder in der Hand, ganz blass und erschöpft; die Kerze war niedergebrannt. In der Küche machte sich Mawra am Samowar zu schaffen.

»Wassja! Wassja!« rief Arkadij erschrocken aus: »Wann bist du eingeschlafen?«

— Да что ж, да что! Неужели же в том вся благодарность, что ты перепишешь к сроку? Подумай, Вася, что ты говоришь! Разве в этом выражается благодарность?

Вася вдруг замолчал и посмотрел во все глаза на Аркадия, как будто его неожиданный аргумент разрушил все сомнения. Он даже улыбнулся, но тотчас же принял опять прежнее задумчивое выражение. Аркадий, приняв эту улыбку за окончание всех страхов, а тревогу, опять явившуюся, за решимость на что-нибудь лучшее, крайне обрадовался.

— Ну, брат Аркаша, проснешься, — сказал Вася, — взгляни на меня; неравно я засну, беда будет; а теперь я сажусь за работу... Аркаша?

— Что?

— Нет, я так только, я ничего... я хотел... Вася уселся и замолчал, Аркадий улегся. Ни тот, ни другой не сказали двух слов о коломенских. Может быть, оба чувствовали, что провинились немножко, покутили некстати. Вскоре Аркадий Иванович заснул, всё тоскуя об Васе. К удивлению своему, он проснулся ровно в восьмом часу утра. Вася спал на стуле, держа в руке перо, бледный и утомленный; свечка сгорела. В кухне возилась Мавра за самоваром.

— Вася, Вася! — закричал Аркадий в испуге...
— Когда ты лег?

Wassja schlug die Augen auf und sprang vom Stuhl.

»Ach!« sagte er, »nun bin ich also doch eingeschlafen!«

Er stürzte sofort zu seinen Papieren: Alles war in bester Ordnung. Auf den Papieren gab es weder Tintenkleckse noch Talgflecken von der Kerze.

»Ich glaube, ich bin so gegen sechs eingeschlafen,« sagte Wassja. »Wie kalt es doch in der Nacht ist! Nun wollen wir Tee trinken, und dann fange ich wieder an ...«

»Nun, hat dich der Schlaf gestärkt?«

»Ja, ja, jetzt geht es!«

»Prosit Neujahr, Wassja!«

»Guten Morgen, mein Freund, guten Morgen! Auch ich wünsche dir alles Gute zum Neuen Jahr!«

Sie umarmten sich. Wassjas Kinn zitterte, und seine Augen füllten sich mit Tränen. Arkadij Iwanowitsch schwieg: es war ihm recht bitter zumute. Beide tranken ihren Tee hastig herunter ...

»Arkadij! Ich habe mich entschlossen: ich gehe selbst zu Julian Mastakowitsch ...« »Er wird es doch gar nicht merken ...«

»Ich habe beinahe Gewissensbisse, mein Lieber.«

»Du sitzt doch seinetwegen da und richtest dich seinetwegen zugrunde ... Tue es lieber nicht! ... Und ich werde zu ihnen gehen ...«

»Zu wem?« fragte Wassja.

»Zu den Artemjews, ich werde auch in deinem Namen gratulieren.«

»Mein Lieber, mein Guter! Ja! Und ich werde hier bleiben. Dein Einfall ist wirklich gut; ich arbeite ja und

Вася открыл глаза и вскочил со стула...

— Ах! — сказал он. — Я так и заснул!.. Он тотчас же бросился к бумагам — ничего: всё было в порядке; ни чернилами, ни салом от свечки не капнуло.

— Я думаю, я заснул часов в шесть, — сказал Вася. — Как ночью холодно! Выпьем-ка чаю, и я опять...

— Подкрепился ли ты?

— Да-да, ничего, теперь ничего!..

— С Новым годом, брат Вася.

— Здравствуй, брат, здравствуй; тебя также, милый. Они обнялись. У Васи дрожал подбородок и повлажнели глаза. Аркадий Иванович молчал: ему стало горько; оба пили чай наскоро...

— Аркадий! Я решил, я сам пойду к Юлиану Мастаковичу...

— Да ведь он не заметит...

— Да меня-то, брат, почти мучит совесть.

— Да ведь ты для него же сидишь, для него же убиваешься... полно! А я, знаешь что, брат, я зайду туда...

— Куда? — спросил Вася.

— К Артемьевым, поздравлю с моей и с твоей стороны.

— Голубчик мой, миленький! Ну! я здесь останусь; да, я вижу, что ты хорошо придумал; ведь я же тут работаю, не в праздности время

vertrödele meine Zeit nicht! Warte nur einen Augenblick: ich werde gleich einen Brief schreiben.«

»Schreibe ihn nur, mein Lieber, schreibe! Ich werde mich inzwischen waschen und rasieren und den Frack abbürsten. Ja, Freund Wassja, nun werden wir beide zufrieden und glücklich sein. Umarme mich, Wassja!«

»Ach, wenn nur alles gut ausginge!«

»Wohnt hier der Herr Beamte Schumkow?« ertönte eine Kinderstimme auf der Treppe.

»Hier, Väterchen, hier!« antwortete Mawra und ließ den Gast eintreten.

»Wer ist da? Wer?« rief Wassja, von seinem Platz aufspringend und ins Vorzimmer stürzend. »Bist du es, Petinka?« »Guten Morgen, Wassilij Petrowitsch, habe die Ehre, Ihnen ein glückliches Neues Jahr zu wünschen!« sagte ein reizender etwa zehnjähriger Bengel mit schwarzen Locken. »Mein Schwesterchen lässt grüßen, Mamachen ebenfalls, und Schwesterchen hat mich beauftragt, Sie von ihr zu küssen ...«

Wassja hob den Boten in die Luft und drückte auf seine Lippen, die den Lippen Lisas ungemein ähnlich sahen, einen langen, honigsüßen, leidenschaftlichen Kuss.

»Küsse auch du, Arkadij!« sagte er zu seinem Freund, ihm Petja übergebend; und Petja wanderte, ohne die Erde zu berühren, in die mächtige und wirklich gierige Umarmung Arkadij Iwanowitschs.

»Willst du Tee, Schätzchen?«

»Ich danke verbindlichst! Wir haben schon Tee getrunken. Heute sind wir früh aufgestanden. Die Unsrigen gingen zur Messe. Schwesterchen hat mir zwei Stunden lang die Locken gekämmt und pomadisiert, hat mich gewaschen und mir die Hose

провожу! Постой на минутку, я тотчас письмо напишу.

— Пиши, брат, пиши, успеешь; я еще умоюсь, побреюсь, фрак почищу. Ну, брат Вася, мы будем довольны и счастливы! Обними меня, Вася!

— Ах, кабы, брат!..

— Здесь живет господин чиновник Шумков? — раздался детский голосок на лестнице...

— Здесь, батюшка, здесь, — проговорила Мавра, впуская гостя.

— Что там? Что, что? — закричал Вася, вспрыгнув со стула и бросаясь в переднюю. — Петенька, ты?..

— Здравствуйте, с Новым годом вас честь имею поздравить, Василий Петрович, — сказал хорошенький черноволосый мальчик лет десяти, в кудряшках, — сестрица вам кланяется, и маменька тоже, а сестрица велела вас поцеловать от себя...

Вася вскинул на воздух посланника и влепил в его губки, которые ужасно походили на Лизанькины, медовый, длинный, восторженный поцелуй.

— Целуй, Аркадий! — говорил он, передав ему Петю, и Петя, не касаясь земли, тотчас же перешел в мощные и жадные в полном смысле слова объятия Аркадия Ивановича.

— Голубчик ты мой, хочешь чайку?

— Покорно благодарю-с. Уж мы пили! Сегодня поднялись рано. Наши к обедне ушли. Сестрица два часа меня завивала, напомадила,

geflickt; denn ich habe sie gestern auf der Straße zerrissen, als ich mit Saschka Schneeballen spielte ...«

»Nun, und weiter?«

»Sie putzte mich also aus, um zu Ihnen zu gehen; dann pomadisierte sie mir das Haar, dann küsste sie mich halb tot und sagte dabei: ›Geh jetzt zu Wassja, gratuliere ihm zum Neuen Jahr und frage ihn, ob er sich wohlfühlt, ob er gut geschlafen hat ...‹ Und dann sollte ich noch etwas fragen ... Ja, ob die Arbeit beendet sei, wegen der Sie gestern ... Wie hieß es noch? Sie hat es mir aufgeschrieben,« sagte der Junge und las vom Zettel ab, den er aus der Tasche holte: »Ja! Wegen der Sie gestern so besorgt waren.«

»Ich werde sie fertigmachen! Es wird schon werden! Sage ihr, dass ich die Arbeit unbedingt fertig machen werde, mein Ehrenwort drauf!«

»Und dann noch etwas ... Ach ja! Ich hätte es beinahe vergessen: Schwesterchen schickt Ihnen ein Brieflein und ein Präsent!«

»Mein Gott! Wo hast du es, mein Schätzchen? Hier! Sieh nur her, was sie mir schreibt! Die Liebe, Gute! ... Weißt du, ich sah gestern eine Brieftasche, die sie für mich gestickt hat; das Geschenk ist noch nicht fertig.

Nun schreibt sie mir: ›Also schicke ich Ihnen vorläufig eine meiner Locken, und das Geschenk bekommen Sie ein anderes Mal.‹ Sieh nur her, mein Lieber!«

Und der erschütterte Wassja zeigte Arkadij Iwanowitsch eine Locke dichtester und schwärzester Haare, die es nur in der Welt gibt; dann küsste er sie und verwahrte sie in der Brusttasche, dem Herzen am nächsten.

умыла, панталончики мне зашила, потому что я их разодрал вчера с Сашкой на улице: мы в снежки стали играть...

— Ну-ну-ну-ну!

— Ну, всё меня наряжала к вам идти; потом напомадила, а потом зацеловала совсем, говорит: «Сходи к Васе, поздравь да спроси, довольны ли они, покойно ли почивали и еще... и еще что-то спросить — да! и еще, кончено ль дело, об котором вы вчера... там как-то... да вот, у меня записано, — сказал мальчик, читая по бумажке, которую вынул из кармана, — да! беспокоились.

— Будет кончено! Будет! Так ей и скажи, что будет, непременно кончу, честное слово!

— Да еще... ах! Я и забыл; сестрица записочку и подарок прислала, а я и забыл!..

— Боже мой!.. Ах ты, голубчик мой! Где... где? вот — а?! Смотри, брат, что мне пишет. Голубушка, миленькая! Знаешь, я вчера видел у ней бумажник для меня; он не кончен, так вот, говорит, посылаю вам локон волос моих, а то от вас не уйдет. Смотри, брат, смотри!

И потрясенный от восторга Вася показывал локон густейших, чернейших в свете волос Аркадию Ивановичу; потом горячо поцеловал их и спрятал в боковой карман, поближе к сердцу.

»Wassja! Ich werde dir für diese Locke ein Medaillon machen lassen!« erklärte schließlich Arkadij Iwanowitsch sehr entschieden.

»Und zum Mittag gibt es bei uns heute Kalbsbraten, und morgen Hirn. Mama will auch noch Zuckerbrot backen ... Hirsebrei wird es heute nicht geben!« setzte der Junge nach kurzer Überlegung hinzu, um seinen Bericht abzuschließen.

»Teufel noch einmal! Was das für ein hübscher Knabe ist!« rief Arkadij Iwanowitsch aus: »Wassja, du bist wirklich der glücklichste der Sterblichen!«

Der Junge trank seinen Tee aus, erhielt einen Brief samt tausend Küssen und ging, glücklich und munter, wie er gekommen war, nach Hause.

»Nun siehst du, mein Lieber,« begann hocherfreut Arkadij Iwanowitsch, »wie schön alles ist! Alles hat sich zum Besten gewendet, verzage nicht und jammere nicht! Vorwärts, mach deine Arbeit fertig! Um zwei Uhr bin ich wieder zurück. Ich fahre zu ihnen und dann zu Julian Mastakowitsch.«

»Lebe wohl, mein Lieber, auf Wiedersehen! Ach, wenn doch alles gut ablaufen wollte! ... Also gut, geh!« sagte Wassja: »Ich habe mich endgültig entschlossen, nicht zu Julian Mastakowitsch zu gehen.« »Lebe Wohl!«

»Warte noch, mein Lieber; sage ihnen ... Nun, das wirst du schon selbst wissen, was du sagen sollst; küsse sie von mir ... Und später, wenn du zurück bist, wirst du mir alles ganz genau berichten ...«

»Gewiss, gewiss, ich werde schon wissen, was zu sagen! Das Glück hat dich wohl ganz verrückt gemacht! Es kam zu plötzlich ... Seit gestern bist du aus Rand und Band. Du hast dich von den gestrigen Ein-

— Вася! Я тебе медальон закажу для этих волос! — решительно сказал наконец Аркадий Иванович.

— А у нас жаркое телятина будет, а потом завтра мозги; маменька хочет бисквиты готовить... а пшенной каши не будет, — сказал мальчик, подумав, как заключить свои россказни.

— Фу, какой хорошенький мальчик! — закричал Аркадий Иванович. — Вася, ты счастливейший смертный!

Мальчик кончил чай, получил записочку, тысячу поцелуев и вышел счастливый и резвый по-прежнему.

— Ну, брат, — заговорил обрадованный Аркадий Иванович, — видишь, как хорошо, видишь! Всё уладилось к лучшему, не горюй, не робей! вперед! Кончай, Вася, кончай! В два часа я домой; заеду к ним, потом к Юлиану Мастаковичу...

— Ну, прощай, брат, прощай... Ах, кабы!.. Ну, хорошо, ступай, хорошо, — сказал Вася, — я, брат, решительно не пойду к Юлиану Мастаковичу.

— Прощай!

— Стой, брат, стой; скажи им... ну, всё, что найдешь; ее поцелуй... да расскажи, братец, всё потом расскажи...

— Ну уж, ну уж — известно, знаем что! Это счастье перевернуло тебя! Это неожиданность; ты сам не свой со вчерашнего дня. Ты еще не отдохнул от вчерашних своих впечатлений. Ну,

drücken wohl noch nicht erholt. Nun Schluss! Nimm dich zusammen, Wassja! Lebe wohl!«

Endlich trennten sich die Freunde. Arkadij Iwanowitsch war den ganzen Morgen über zerstreut und dachte nur an Wassja. Er kannte ja dessen schwache und leicht erregbare Natur. »Ja, das Glück hat ihn verrückt gemacht!« sagte er zu sich selbst: »Ich habe mich nicht getäuscht! Mein Gott! Er hat ja auch mich mit seiner Aufregung angesteckt. Und woraus dieser Mensch eine Tragödie macht! Dieser Heißsporn! Ach, ich muss ihn retten, ich muss ihn retten!« wiederholte Arkadij Iwanowitsch vor sich hin: er merkte gar nicht, dass auch er selbst aus einer kleinen häuslichen Unannehmlichkeit ein großes und wahres Unglück gemacht hatte. Erst gegen elf Uhr langte er im Vorzimmer des Julian Mastakowitsch an, um seinen bescheidenen Namen der endlosen Namenreihe anderer ehrfurchtsvoller Gratulanten hinzuzufügen, die sich schon auf der in der Portierloge ausliegenden, verschmierten und vollgekritzelten Liste eingetragen hatten. Wie groß war sein Erstaunen, als er auf dieser Liste die eigenhändige Unterschrift Wassja Schumkows entdeckte!

Das wirkte auf ihn geradezu niederschmetternd. »Was ist mit ihm geschehen?« fragte er sich. Arkadij Iwanowitsch, der erst vor Kurzem wieder zu hoffen angefangen hatte, verließ die Portierloge ganz bestürzt. Irgendein Unglück war im Anzug – das stand fest. Doch was für ein Unglück und woher sollte es kommen?

Nach der Kolomna-Vorstadt kam er mit trüben Gedanken und war anfangs sehr zerstreut. Nach einer Unterredung mit Lisa verließ er das Haus mit Tränen in den Augen, denn er war wegen Wassja in größter

конечно! оправься, голубчик Вася! Прощай, прощай!

Наконец друзья расстались. Всё утро Аркадий Иванович был рассеян и думал только об Васе. Он знал слабый, раздражительный характер его. «Да, это счастье перевернуло его, я не ошибся! — говорил он сам про себя — Боже мой! Он и на меня нагнал тоску. И из чего этот человек способен поднять трагедию! Экая горячка какая! Ах, его нужно спасти! нужно спасти!» — проговорил Аркадий, сам не замечая того, что в своем сердце уже возвел до беды, по-видимому, маленькие домашние неприятности, в сущности ничтожные. Только в одиннадцать часов попал он в швейцарскую Юлиана Мастаковича, чтоб примкнуть свое скромное имя к длинному столбцу почтительных лиц, расписавшихся в швейцарской на листе закапанной и кругом исчерченной бумаги. Но каково было его удивление, когда перед ним мелькнула собственная подпись Васи Шумкова!

Это его поразило. «Что с ним делается?» — подумал он. Аркадий Иванович, взыгравший еще недавно надеждой, вышел расстроенный. Действительно, приготовлялась беда; но где? но какая?

В Коломну он приехал с мрачными мыслями, был рассеян сначала, но, поговорив с Лизанькой, вышел со слезами на глазах, потому что решительно испугался за Васю. Домой он пустился бегом и на Неве носом к носу столкнулся с Шумковым. Тот тоже бежал.

Angst. Er eilte nach Hause im Laufschritt und stieß am Newakai mit Schumkow zusammen, der ebenfalls irgendwohin rannte.

»Wo willst du hin?« schrie ihn Arkadij Iwanowitsch an.

Wassja blieb stehen, so bestürzt, als hätte man ihn an einem Verbrechen ertappt. »Ich bin nur so ... etwas ausgegangen, wollte etwas spazieren ...«

»Konntest es nicht aushalten? Wolltest eben nach der Kolomna-Vorstadt gehen? Ach, Wassja, Wassja! Warum bist du nun doch zu Julian Mastakowitsch gegangen?«

Wassja gab zuerst keine Antwort. Dann winkte er mit der Hand ab und sagte:

»Arkadij! Ich weiß selbst nicht, was mit mir ist! Ich ...«

»Gut, Wassja, beruhige dich! Ich weiß ja, was es ist. Beruhige dich! Du bist ja noch von den gestrigen Eindrücken so aufgeregt! Bedenke doch: es ist wirklich nicht schwer, diese Aufregung zu überwinden! Alle lieben dich, alle machen dir den Hof, deine Arbeit geht gut vorwärts, du wirst sie fertig machen, du wirst sie unbedingt fertig machen, ich weiß es! Du hast dir wohl etwas eingebildet, hast irgendeinen unbegründeten Angstanfall.«

»Nein, nein, es ist nichts ...«

»Weißt du es noch, Wassja? Du hast schon einmal dasselbe gehabt. Kannst du dich noch erinnern? Als du befördert wurdest, verdoppeltest du vor lauter Glück und Dankbarkeit deinen Eifer, und die Folge davon war, dass du eine ganze Woche lang jede Arbeit verdarbst. Und nun bist du im gleichen Zustande ...«

— Куда ты? — закричал Аркадий Иванович.

Вася остановился, как пойманный в преступлении.

— Я, брат, так; я прогуляться хотел.

— Не утерпел, в Коломну шел? Ах, Вася, Вася! Ну, зачем ты ходил к Юлиану Мастаковичу?

Вася не отвечал; но потом махнул рукой и сказал:

— Аркадий! Я не знаю, что со мной делается! я...

— Полно, Вася, полно! Ведь я знаю, что это такое. Успокойся! Ты взволнован и потрясен со вчерашнего дня! Подумай: ну, как не снесть этого! Все-то тебя любят, все-то около тебя ходят, работа твоя подвигается, ты ее кончишь, непременно кончишь, я знаю: ты вообразил что-нибудь, у тебя страхи какие-то...

— Нет, ничего, ничего...

— Помнишь, Вася, помнишь, ведь это было с тобою; помнишь, когда ты чин получил, ты от счастья и от благодарности удвоил ревность и неделю только портил работу. С тобой и теперь то же самое...

»Ja, ja, Arkadij ... Doch jetzt ist die Sache anders, ganz anders ...«

»Warum soll es jetzt anders sein? Ich bitte dich! Die Arbeit ist vielleicht gar nicht so dringend, und du richtest dich ganz unnütz zugrunde ...«

»Nein, nein, es macht nichts ... Gehen wir!«

»Also nach Hause und nicht zu ihnen?«

»Nein, mein Lieber! Mit diesem Gesicht kann, ich doch nicht zu ihnen kommen! Ich habe es mir schon überlegt. Ich konnte es ohne dich zu Hause nicht aushalten; doch jetzt, wo du wieder bei mir bist, mache ich mich gleich an die Arbeit. Gehen wir!«

Sie gingen zusammen weiter. Anfangs schwiegen sie beide. Wassja hatte jetzt wieder große Eile.

»Warum erkundigst du dich nicht nach ihnen?« fragte Arkadij Iwanowitsch.

»Ach ja! Arkascha, wie war es dort?«

»Wassja! Du bist plötzlich ganz verändert!«

»Es macht nichts, es macht nichts. Erzähle mir alles, Arkascha!« sagte Wassja mit flehender Stimme, als wollte er allen weiteren Auseinandersetzungen aus dem Wege gehen. Arkadij Iwanowitsch seufzte auf: das Benehmen Wassjas brachte ihn ganz aus der Fassung.

Der Bericht aus der Kolomna-Vorstadt belebte Wassja wieder. Er wurde sogar gesprächig. Zu Hause angelangt, aßen sie zuerst zu Mittag. Die alte Dame hatte Arkadij Iwanowitschs Taschen mit Zuckergebäck vollgestopft; die Freunde verzehrten es nun und kamen allmählich in gute Stimmung. Wassja versprach, sich gleich nach dem Essen hinzulegen, um später die ganze Nacht aufbleiben zu können. Er legte sich auch wirklich hin. Noch am Morgen hatte jemand,

— Да, да, Аркадий; но теперь другое, теперь совсем не то...

— Да как не то, помилуй! И дело-то, может быть, вовсе не спешное, а ты себя убиваешь...

— Ничего, ничего, я только так. Ну, пойдем!

— Что ж ты домой, а не к ним?

— Нет, брат, с каким я лицом явлюсь?.. Я раздумал. Я только один без тебя не высидел; а вот ты теперь со мной, так я и сяду писать. Пойдем!

Они пошли и некоторое время молчали. Вася спешил.

— Что ж ты меня не расспрашиваешь об них? — сказал Аркадий Иванович.

— Ах, да! Ну, Аркашенька, что ж?

— Вася, ты на себя непохож!

— Ну, ничего, ничего. Расскажи же мне всё, Аркаша! — сказал Вася умоляющим голосом, как будто избегая дальнейших объяснений. Аркадий Иванович вздохнул. Он решительно терялся, смотря на Васю.

Рассказ о коломенских оживил его. Он даже разговорился. Они пообедали. Старушка наложила бисквитами полный карман Аркадия Ивановича, и приятели, кушая их, развеселились. После обеда Вася обещал заснуть, чтоб просидеть всю ночь. Он действительно лег. Утром кто-то, перед кем нельзя было отказаться, позвал Аркадия Ивановича на чай. Друзья расстались. Аркадий положил прийти как можно раньше, если можно, даже в восемь часов. Три часа разлуки прошли для него как три года. Наконец он

dem man nicht absagen konnte, Arkadij Iwanowitsch zum Tee eingeladen. Die Freunde mussten sich nun trennen. Arkadij nahm sich vor, möglichst bald heimzukommen, vielleicht schon um acht Uhr. Die drei Stunden der Trennung kamen ihm wie drei Jahre vor. Endlich gelang es ihm, aufzubrechen, und er eilte nach Hause. Im Zimmer war es dunkel. Wassja war nicht zu Hause. Er fragte bei Mawra. Mawra sagte ihm, dass Wassja gar nicht geschlafen, sondern die ganze Zeit über geschrieben habe; dann sei er im Zimmer auf und ab gegangen, und dann, etwa vor einer Stunde, sei er weggelaufen und hätte Mawra gesagt, dass er nach einer halben Stunde wieder da sein würde. »Und wenn der Herr inzwischen kommt, so sag ihm, Alte,« schloss Mawra ihren Bericht, »dass ich spazieren gegangen sei, – das hat er mir drei, oder sogar viermal befohlen.«

»Er ist bei den Artemjews!« sagte sich Arkadij Iwanowitsch und schüttelte den Kopf.

Eine Minute später sprang er auf, von einer neuen Hoffnung beseelt: »Er ist wohl einfach fertig geworden, das wird es sein! Und dann hielt er es nicht aus und lief hin. Aber nein! Er hätte doch auf mich gewartet ... Ich will einmal nachschauen, wie es mit seiner Arbeit steht!«

Er zündete die Kerze an und ging an Wassjas Schreibtisch: Die Arbeit ging gut vorwärts, und es blieb anscheinend gar nicht so viel übrig. Arkadij Iwanowitsch wollte weiter blättern, doch in diesem Augenblick trat Wassja ein.

»Ach! Du bist hier?« rief er aus und fuhr vor Schreck zusammen.

Arkadij Iwanowitsch schwieg. Er fürchtete, Wassja irgendetwas zu fragen.

вырвался к Васе. Войдя в комнату, он увидел, что всё темно. Васи не было дома. Он спросил Мавру. Мавра сказала, что всё писал и не спал ничего, потом ходил по комнате, а потом, час тому назад, убежал, сказав, что через полчаса будет; «а когда, мол, Аркадий Иванович придут, так скажи, мол, старуха, — заключила Мавра, — что гулять я пошел, и три, не то, мол, четыре раза наказывал».

«У Артемьевых он!» — подумал Аркадий Иванович и покачал головой.

Через минуту он вскочил, оживленный надеждой. Он просто кончил, подумал он; вот и всё; не утерпел да и убежал туда. Впрочем, нет! Он меня бы дождался... Взгляну-ка я, что там у него!

Он зажег свечку и бросился к письменному столу Васи: работа шла, и, казалось, до конца было не так далеко. Аркадий Иванович хотел было исследовать дальше, но вдруг вошел Вася...

— А, ты здесь? — закричал он, вздрогнув от испуга. Аркадий Иванович молчал. Он боялся спросить Васю.

Wassja schlug die Augen nieder und begann ebenfalls in den Papieren zu blättern. Schließlich begegneten sich ihre Blicke. Wassjas Blick war so bittend, flehend und hoffnungslos, dass Arkadij zusammenfuhr. Sein Herz erbebte und floss über:

»Wassja, Bruderherz, was ist mit dir? Was hast du?« schrie er, auf ihn losstürzend und ihn in seine Arme schließend. »Erkläre mir doch alles! Ich verstehe dich nicht, auch deine Traurigkeit verstehe ich nicht! Was ist mit dir, du mein Märtyrer? Was? Sage mir doch alles, ohne etwas zu verheimlichen. Es kann doch nicht sein, dass nur diese eine Ursache ...«

Wassja schmiegte sich fest an ihn und konnte kein Wort hervorbringen. Sein Atem stockte.

»Genug, Wassja, schon gut! Nun, nehmen wir an, dass du mit der Arbeit nicht fertig wirst, – was ist denn dabei? Ich verstehe dich nicht! Erzähle mir offen, warum du so leidest. Du siehst doch, dass ich für dich ... Ach, mein Gott, mein Gott!« sagte er, immer auf und ab gehend und nach jedem Gegenstand greifend, der ihm gerade unter die Hände kam, als suchte er eine Arznei für Wassja. »Ich werde morgen statt deiner zu Julian Mastakowitsch gehen, ich werde ihn bitten, ihn um einen Tag Aufschub für dich anflehen. Ich will ihm alles, alles erklären, wenn er dich so quält ... «

»Gott behüte!« schrie Wassja auf. Er war kreidebleich und konnte sich kaum auf den Beinen halten.

»Wassja! Wassja!«

Wassja kam zu sich. Seine Lippen bebten. Er wollte etwas sagen, konnte aber nur stumm und krampfhaft Arkadijs Hand drücken. Seine Hand war kalt. Arkadij stand vor ihm in banger, qualvoller Erwartung. Wassja blickte ihn wieder an.

Тот потупил глаза и тоже молча начал разбирать бумаги. Наконец глаза их встретились. Взгляд Васи был такой просящий, умоляющий, убитый, что Аркадий вздрогнул, когда встретил его. Сердце его задрожало и переполнилось...

— Вася, брат мой, что с тобой? Что ты? — закричал он, бросаясь к нему и сжимая его в объятиях. — Объяснись со мной; я не понимаю тебя и тоски твоей; что с тобой, мученик ты мой? Что? Скажи мне всё без утайки. Не может быть, чтоб это одно...

Вася крепко прижался к нему и не мог ничего говорить. Дух его захватило.

— Полно, Вася, полно! Ну, не кончить тебе, что ж такое? Я не понимаю тебя; открой мне мучения свои. Видишь ли, я для тебя...

Ах, боже мой, боже мой! — говорил он, шагая по комнате и хватаясь за всё, что ни попадалось ему под руки, как будто немедленно ища лекарства для Васи. — Я сам завтра, вместо тебя, пойду к Юлиану Мастаковичу, буду просить, умолять его, чтоб дал еще день отсрочки. Я объясню ему всё, всё, если только это так тебя мучает...

— Боже тебя сохрани! — вскричал Вася и побелел как стена. Он едва устоял на месте.

— Вася, Вася!..

Вася очнулся. Губы его дрожали; он хотел что-то выговорить и только молча судорожно пожимал руку Аркадия... Рука его была холодна. Аркадий стоял перед ним полный тоскливого и мучительного ожидания. Вася опять поднял на него глаза.

»Wassja! Gott sei mit dir! Du hast mein Herz zerrissen, du mein lieber, guter Freund!«

Tränenfluten stürzten aus Wassjas Augen; er fiel in Arkadijs Arme.

»Ich habe dich betrogen, Arkadij,« sagte er, »ich habe dich betrogen! Verzeihe es mir … Verzeihe … Ich habe meinen besten Freund betrogen …«

»Was ist denn, Wassja? Was?« fragte Arkadij voller Entsetzen.

»Hier!«

Und Wassja holte mit verzweifelter Gebärde aus der Tischschublade sechs sehr dicke Hefte hervor, die genau so aussahen wie das, das er abschrieb, und schleuderte sie auf den Tisch.

»Was ist denn das?«

»Das alles muss ich bis übermorgen abschreiben! Ich kann kaum den vierten Teil davon fertig machen!«

»Frage nicht, frage nicht, wie das geschehen ist,« fuhr Wassja fort: er wollte sich nun offenbar das Herz erleichtern. »Arkadij! Mein Freund! Ich weiß selbst nicht, was mit mir war. Es ist mir, als ob ich jetzt erst aus einem Traume erwachte. Ich habe ganze drei Wochen verloren. Ich bin immer … zu ihr gelaufen … Das Herz tat mir weh, ich verzehrte mich … in Ungewissheit … Ich konnte nicht schreiben. Ich konnte an die Arbeit nicht einmal denken. Und erst jetzt, wo das Glück mir schon so nahe ist, bin ich zur Besinnung gekommen.«

»Wassja!« begann Arkadij Iwanowitsch energisch. »Wassja! Ich werde dich retten! Jetzt begreife ich alles. Die Sache ist wirklich ernst. Ich werde dich retten! Höre, höre, was ich dir sagen werde: ich gehe gleich morgen zu Julian Mastakowitsch … Schüttele nicht den

— Вася! Бог с тобой, Вася! Ты истерзал мое сердце, друг мой, милый ты мой.

Слезы градом хлынули из глаз Васи; он бросился на грудь Аркадия.

— Я обманул тебя, Аркадий! — говорил он. — Я обманул тебя; прости меня, прости! Я обманул твою дружбу...

— Что, что, Вася? Что ж такое? — спросил Аркадий решительно в ужасе.

— Вот!..

И Вася с отчаянным жестом выбросил на стол из ящика шесть толстейших тетрадей, подобных той, которую он переписывал.

— Что это?

— Вот что мне нужно приготовить к послезавтрашнему дню. Я и четвертой доли не сделал! Не спрашивай, не спрашивай... как это сделалось! — продолжал Вася, сам тотчас заговорив о том, что так его мучило. — Аркадий, друг мой! Я не знаю сам, что было со мной! Я как будто из какого-то сна выхожу. Я целые три недели потерял даром. Я всё... я... ходил к ней... У меня сердце болело, я мучился... неизвестностью... я и не мог писать. Я и не думал об этом. Только теперь, когда счастье настает для меня, я очнулся.

— Вася! — начал Аркадий Иванович решительно. — Вася! Я спасу тебя. Я понимаю всё это. Это дело не шутка. Я спасу тебя! Слушай, слушай меня: я завтра же иду к Юлиану Мастаковичу... Не качай головой, нет, слушай! Я расскажу ему всё, как было; позволь уж мне сделать

Kopf, sondern höre mir zu! Ich werde ihm den ganzen Sachverhalt erzählen; du musst mir erlauben, das zu tun ... Ich will ihm alles erklären! ... Ich gehe bis zum Äußersten! Ich werde ihm erzählen, wie unglücklich du bist und wie du dich quälst ...«

»Weißt du auch, dass du mich jetzt umbringst?« versetzte Wassja, den es vor Schreck kalt überlief.

Arkadij Iwanowitsch erbleichte zunächst; dann überlegte er sich und lachte auf.

»Ist das alles? Bedenke doch, Wassja, was du sprichst! Schämst du dich gar nicht? Höre einmal! Ich sehe, dass ich dich kränke. Du siehst also, dass ich dich verstehe, und dass ich weiß, was in dir vorgeht. Wir leben ja, Gott sei Dank, schon fünf Jahre zusammen. Du bist ein zarter, guter Mensch, doch sehr schwach, unverzeihlich schwach. Das hat auch schon Lisaweta Michailowna bemerkt. Außerdem bist du auch ein Träumer, und das ist ebenfalls nicht gut; man kann dabei leicht den Verstand verlieren, mein Lieber! Höre einmal, ich weiß ja, was du willst! Du willst zum Beispiel, dass Julian Mastakowitsch ganz außer sich vor Freude sei, weil du heiratest, und aus diesem Anlasse sogar einen Ball geben möchte ... Warte, warte! Du verziehst das Gesicht. Siehst du, schon wegen dieser paar Worte bist du für Julian Mastakowitsch beleidigt! Ich will also nicht mehr von ihm sprechen. Ich verehre ihn ja nicht weniger als du. Aber das wirst du nicht bestreiten und mir auch nicht zu denken verbieten: dein Wunsch ist, dass es keinen einzigen unglücklichen Menschen auf Erden mehr gäbe, wenn du heiratest ... Ja, mein Lieber, du musst mir zugeben, dass es dein Wunsch ist, dass zum Beispiel ich, dein bester Freund, plötzlich ein Kapital von hunderttausend Rubeln besäße; dass alle Feinde, die es nur in

так... Я объясню ему... я на всё пойду! Я расскажу ему, как ты убит, как ты мучишься.

— Знаешь ли, что ты уж теперь убиваешь меня? — проговорил Вася, весь похолодев от испуга.

Аркадий Иванович побледнел было, но одумался и тотчас же рассмеялся.

— Только-то? Только это? — сказал он. — Помилуй, Вася, помилуй! Не стыдно ли? Ну, послушай! Я вижу, что огорчаю тебя. Видишь, я понимаю тебя: я знаю, что в тебе происходит. Ведь уж мы пять лет вместе живем, слава богу! Ты добрый, нежный такой, но слабый, непростительно слабый.

Ведь уж и Лизавета Михайловна это заметила. Ты, кроме того, и мечтатель, а ведь это тоже нехорошо: свихнуться, брат, можно! Послушай, ведь я знаю, чего тебе хочется! Тебе хочется, например, чтоб Юлиан Мастакович был вне себя и еще, пожалуй, задал бы бал от радости, что ты женишься... Ну, постой, постой! Ты морщишься. Видишь, уж от одного моего слова ты обиделся за Юлиана Мастаковича! Я оставлю его. Я ведь и сам его уважаю не меньше твоего! Но уже ты меня не оспоришь и не откажешь мне думать, что ты бы желал, чтоб не было даже и несчастных на земле, когда ты женишься... Да, брат, ты уж согласись, что тебе бы хотелось, чтоб у меня, например, твоего лучшего друга, стало вдруг тысяч сто капитала; чтоб все враги, какие ни есть на свете, вдруг бы, ни с того ни с сего, помирились, чтоб все они обнялись среди улицы от ра-

der Welt gibt, sich ganz plötzlich ohne sichtbaren Grund aussöhnten, dass sie sich mitten auf der Straße vor Freude umarmten und dann vielleicht alle zu dir in die Wohnung zu Gast kämen. Mein lieber Freund! Ich spaße gar nicht, denn es ist so! Du hast mir schon oft genug ähnliche Bilder ausgemalt! Weil du glücklich bist, willst du, dass auch alle andern glücklich seien. Es ist für dich schwer und kränkend, allein glücklich zu sein! Darum bemühst du dich mit aller Kraft, dich deines Glückes würdig zu erweisen und willst zur Beruhigung deines Gewissens irgendeine Heldentat vollbringen! Nun, ich verstehe es sehr gut, dass du dich quälen musst, wenn du bei irgendeiner Gelegenheit, wo es deinen Eifer, dein Können und, sagen wir einmal, deine Dankbarkeit zu zeigen gilt, es zu tun versäumst! Dich kränkt und bedrückt der Gedanke, dass Julian Mastakowitsch die Nase rümpfen und vielleicht auch wirklich böse werden wird, wenn er sieht, dass du die auf dich gesetzten Hoffnungen nicht erfüllt hast. Es ist dir bitter, daran zu denken, dass du vielleicht von dem, den du für deinen Wohltäter hältst, Vorwürfe zu hören bekommst, und das gerade in einem solchen Augenblick! In einem Augenblick, wo dein Herz von Freude überströmt, und du nicht weißt, auf wen du deine Dankbarkeit ergießen sollst ... Es ist doch so? Nicht wahr?« Arkadij Iwanowitsch sagte das mit bebender Stimme. Nun schwieg er und holte tief Atem.

Wassja blickte seinen Freund voller Liebe an. Ein Lächeln umspielte seine Lippen.

Sein Gesicht belebte sich sogar in Erwartung einer Hoffnung.

»Also höre, was ich dir sage,« fuhr Arkadij Iwanowitsch fort, von neuer Hoffnung begeistert. »Es

мой? в этом вопрос? А коль в этом, так я же, — сказал Аркадий, вскочив с места, — я же пожертвую собой для тебя. Я завтра еду к Юлиану Мастаковичу... И не противоречь мне! Ты, Вася, свой проступок до преступленья возводишь. А он, Юлиан Мастакович, великодушен и милосерд, да к тому же не таков, как ты! Он, брат Вася, нас с тобой выслушает и из беды вывезет. Ну! спокоен ли ты?

Вася со слезами на глазах сжал руку Аркадия.

— Полно, Аркадий, полно, — сказал он, — дело решенное. Ну, я не кончил, ну, и хорошо; не кончил, так не кончил. И тебе ходить не нужно; я сам всё расскажу, сам пойду. Я теперь успокоился, я совершенно спокоен; только ты не ходи... Да послушай.

— Вася, дорогой ты мой! — вскричал в радости Аркадий Иванович. — Я по твоим словам говорил; я рад, что ты одумался и оправился. Но что бы с тобой ни было, что бы ни случилось, я при тебе, это помни! Я вижу, тебя терзает то, чтоб я не говорил ничего Юлиану Мастаковичу, — и не скажу, ничего не скажу, ты сам скажешь. Видишь ли: ты завтра пойдешь... или нет, ты не пойдешь, ты здесь будешь писать, понимаешь? А я там узнаю, какое это дело, очень ли спешное или нет, нужно ли его к сроку или нет, и если просрочишь, так что может выйти из этого? Потом я к тебе прибегу... Видишь, видишь! Уж есть надежда; ну, представь, что дело не спешное — ведь выиграть можно. Юлиан Мастакович может не напомнить, и тогда всё спасено.

ist doch nicht nötig, dass du Julian Mastakowitschs
Gewogenheit verlierst. Es ist doch so, mein Lieber? Ist
das nicht der Kernpunkt der Sache? Und wenn das
wirklich der Kernpunkt ist, so will ich mich für dich
opfern!« Arkadij Iwanowitsch sprang bei diesen
Worten vom Stuhle auf. »Ich werde gleich morgen zu
Julian Mastakowitsch gehen ... Widersprich mir nicht!
Wassja, du machst aus deiner kleinen Nachlässigkeit
ein Verbrechen. Julian Mastakowitsch ist aber groß-
mütig und barmherzig, er ist auch ein ganz anderer
Mensch als du! Er wird uns anhören und dir aus der
Klemme helfen. Nun, bist du jetzt beruhigt?«

Wassja, dem die Tränen in den Augen standen,
drückte Arkadijs Hand.

»Lass gut sein, Arkadij!« sagte er. »Es ist nun be-
schlossene Sache. Ich habe die Arbeit nicht fertig gemacht, – gut! Daran ist eben nichts zu ändern. Du
brauchst gar nicht hinzugehen: ich will selbst zu ihm
gehen und ihm alles erzählen. Ich bin jetzt ruhig, vollkommen ruhig. Du brauchst also nicht hinzugehen ...
Höre nur ...«

»Wassja, teurer Wassja!« rief Arkadij Iwanowitsch
freudig aus. »Ich habe ja nur deine eigenen Gedanken
ausgesprochen. Ich freue mich, dass du nun zur Besinnung gekommen bist und dich beruhigt hast. Was
mit dir auch geschehen wird, – ich bin immer bei dir,
vergiss das nicht! Ich sehe, dich quält der Gedanke,
dass ich mit Julian Mastakowitsch sprechen will. Gut,
ich will mit ihm nicht sprechen, du wirst selbst mit
ihm sprechen und ihm alles sagen. Siehst du, du musst
morgen zu ihm gehen ... Oder nein: du bleibst zu
Hause und schreibst weiter, verstehst du mich? Und
ich werde zu erfahren suchen, ob die Sache sehr
dringend ist oder nicht, ob die Arbeit unbedingt zum

мой? в этом вопрос? А коль в этом, так я же, — сказал Аркадий, вскочив с места, — я же пожертвую собой для тебя. Я завтра еду к Юлиану Мастаковичу... И не противоречь мне! Ты, Вася, свой проступок до преступленья возводишь. А он, Юлиан Мастакович, великодушен и милосерд, да к тому же не таков, как ты! Он, брат Вася, нас с тобой выслушает и из беды вывезет. Ну! спокоен ли ты?

Вася со слезами на глазах сжал руку Аркадия.

— Полно, Аркадий, полно, — сказал он, — дело решенное. Ну, я не кончил, ну, и хорошо; не кончил, так не кончил. И тебе ходить не нужно; я сам всё расскажу, сам пойду. Я теперь успокоился, я совершенно спокоен; только ты не ходи... Да послушай.

— Вася, дорогой ты мой! — вскричал в радости Аркадий Иванович. — Я по твоим словам говорил; я рад, что ты одумался и оправился. Но что бы с тобой ни было, что бы ни случилось, я при тебе, это помни! Я вижу, тебя терзает то, чтоб я не говорил ничего Юлиану Мастаковичу, — и не скажу, ничего не скажу, ты сам скажешь. Видишь ли: ты завтра пойдешь... или нет, ты не пойдешь, ты здесь будешь писать, понимаешь? А я там узнаю, какое это дело, очень ли спешное или нет, нужно ли его к сроку или нет, и если просрочишь, так что может выйти из этого? Потом я к тебе прибегу... Видишь, видишь! Уж есть надежда; ну, представь, что дело не спешное — ведь выиграть можно. Юлиан Мастакович может не напомнить, и тогда всё спасено.

Termin abgeliefert werden muss oder nicht, und was du riskierst, wenn du den Termin versäumst. Und dann komme ich sofort zu dir und berichte dir alles ... Du siehst also: schon gibt es eine Hoffnung! Stelle dir nur vor, dass die Sache gar nicht dringend ist, – dann hast du alles gewonnen! Es ist auch möglich, dass Julian Mastakowitsch das Ganze vergessen hat – dann bist du gerettet!« Wassja schüttelte zweifelnd den Kopf. Doch er blickte seinen Freund noch immer dankbar an.

»Nun gut! Ich bin so schwach, so matt,« sagte er, um Atem ringend. »Ich will auch selbst nicht mehr daran denken. Sprechen wir von etwas anderm! Ich werde jetzt sogar nicht mehr schreiben; höchstens nur noch zwei Seiten, bis ich zu einem neuen Absatz komme. Höre ... Ich wollte dich schon lange fragen: wieso kennst du mich so gut?«

Aus seinen Augen fielen Tränen auf Arkadijs Hände.

»Wenn du wüsstest, Wassja, wie sehr ich dich liebe, würdest du nicht so fragen!«

»Ja, ja, Arkadij, das weiß ich eben nicht, denn ich weiß nicht, wofür du mich so lieb gewonnen hast! Ja, Arkadij, weißt du auch, dass deine Liebe mich schon oft bedrückt hat? Weißt du, wie oft ich weinte, wenn ich vor dem Einschlafen an dich dachte (wenn ich mich schlafen lege, muss ich immer an dich denken), und wie mein Herze bebte, weil ... Nun weil du mich so sehr liebst, und ich mein Herz nicht erleichtern und dir nicht so danken kann, wie ich es gerne möchte ...«

»Siehst du, Wassja, siehst du: so bist du immer! ... Sieh nur, wie aufgeregt du jetzt bist,« sagte Arkadij, dem das Herz weh tat beim Gedanken an den gestrigen Auftritt auf der Straße.

Вася сомнительно покачал головою. Но благодарный взор его не сходил с лица друга.

— Ну, полно, полно! Я так слаб, так устал, — говорил он задыхаясь, — мне и самому об этом думать не хочется. Ну, поговорим о другом! Я, видишь ли, и писать, пожалуй, не буду теперь, а только так, две странички только окончу, чтоб дойти хоть до какой-нибудь точки. Послушай... я давно хотел спросить тебя: как это ты так хорошо меня знаешь?

Слезы капали из глаз Васи на руки Аркадия.

— Если б ты знал, Вася, до какой степени я люблю тебя, так ты бы не спросил этого, — да!

— Да, да, Аркадий, я не знаю этого, потому... потому что я не знаю, за что ты меня так полюбил! Да, Аркадий, знаешь ли, что даже твоя любовь меня убивала? Знаешь ли, что сколько раз я, особенно ложась спать и думая об тебе (потому что и всегда думаю об тебе, когда засыпаю), я обливался слезами, и сердце мое дрожало оттого, оттого... Ну, оттого, что ты так любил меня, а я ничем не мог облегчить своего сердца, ничем тебя возблагодарить не мог...

— Видишь, Вася, видишь, какой ты!.. Смотри, как ты расстроен теперь, — говорил Аркадий, у которого душа изныла в эту минуту и который вспомнил про вчерашнюю сцену на улице.

»Schon gut! Du willst, dass ich mich beruhige, ich war aber noch nie so ruhig und glücklich, wie ich es in diesem Augenblick bin! Weißt du ... Höre einmal, ich möchte dir so gerne alles sagen, ich fürchte aber, dich zu kränken ... Denn wenn du gekränkt bist, schreist du mich an, und ich erschrecke dann ... Sieh nur, wie ich jetzt zittere, ich weiß selbst nicht, warum ... Ich wollte dir also folgendes sagen. Mir scheint, dass ich mich bisher selbst nicht gekannt habe, – ja! Auch die andern Menschen habe ich erst gestern richtig kennengelernt. Ich konnte sie bisher nicht verstehen und richtig einschätzen. Mein Herz ... war verhärtet ... Höre einmal, wie kam es, dass ich keinem Menschen etwas Gutes getan habe, weil ich es einfach nicht tun konnte, weil auch mein Äußeres unangenehm ist? ... Und jeder Mensch hat mir Gutes erwiesen! Du aber am meisten: sehe ich es denn nicht? Ich habe nur geschwiegen, immer geschwiegen!«

»Wassja, genug!«

»Ja, Arkascha, ja ... Ich habe ja nichts gesagt ...« unterbrach ihn Wassja mit tränenerstickter Stimme »Ich habe dir gestern von Julian Mastakowitsch erzählt; du weißt auch selbst, dass er sonst streng und unzugänglich ist; auch dir hat er schon einige Mal Rügen erteilt; nun hat er aber gestern mit mir gescherzt, war so gütig zu mir und hat mir sein gutes Herz gezeigt, das er sonst vor allen andern wohlweislich verbirgt ...«

»Was folgt daraus, Wassja? Nur dass du deines Glückes durchaus würdig bist.«

»Ach, Arkascha! Wie gerne möchte ich die Arbeit fertig haben ... Doch ich werde wohl selbst mein Glück vernichten! Ich habe so eine Vorahnung! ... Nein, nicht deswegen,« unterbrach sich Wassja, als er merkte, dass

— Полно; ты хочешь, чтоб я успокоился, а я никогда еще не был так спокоен и счастлив! Знаешь ли... Послушай, мне бы хотелось тебе всё рассказать, да я всё боюсь тебя огорчить... Ты всё огорчаешься и кричишь на меня; а я пугаюсь... смотри, как я дрожу теперь, я не знаю отчего. Видишь ли, вот что мне сказать хочется. Мне кажется, не знал себя прежде, — да! Да и других тоже вчера только узнал. Я, брат, не чувствовал, не ценил вполне. Сердце... во мне было черство... Слушай, как это случилось, что никому-то, никому я не сделал добра на свете, потому что сделать не мог, — даже и видом-то я неприятен... А всякий-то мне делал добро! Вот ты первый: разве я не вижу. Я только молчал, только молчал!

— Вася, полно!

— Что ж, Аркаша! Что ж!.. Я ведь ничего... — прервал Вася, едва выговаривая слова от слез. — Я тебе говорил вчера про Юлиана Мастаковича. И ведь сам ты знаешь, он строгий, суровый такой, даже ты несколько раз на замечанье к нему попадал, а со мной он вчера шутить вздумал, ласкать и доброе сердце свое, которое перед всеми благоразумно скрывает, открыл мне...

— Ну, что ж, Вася? Это только показывает, что ты достоин своего счастия.

— Ах, Аркаша! Как мне хотелось кончить это всё дело!.. Нет, я сгублю свое счастье! У меня есть предчувствие! Да нет, не через это, — перебил Вася, затем что Аркадий покосился на стопудовое спешное дело, лежавшее на столе, — это ничего, это бумага писаная... вздор! Это дело ре-

Arkadij nach dem zentnerschweren Papierstoß auf dem Tische schielte: »Das ist ja nur beschriebenes Papier, also nichts ... Unsinn! Diese Frage ist ja schon erledigt! Arkascha, ich war heute in der Kolomna-Vorstadt ... Ich bin nicht hineingegangen, so schwer und bitter war es mir zumute! Ich stand nur eine Weile vor der Türe. Sie spielte Klavier, und ich hörte draußen zu. Denn siehst du, Arkadij,« fügte er leise hinzu, »ich wagte nicht einzutreten ...«

»Höre, Wassja, was hast du? Warum schaust du mich so an?«

»Was? Nichts! Mir schwindelt ein wenig im Kopfe, die Beine zittern mir; das kommt, weil ich die ganze Nacht aufgeblieben bin. Ja! Es ist mir ganz grün vor den Augen. Und hier ...«

Er zeigte auf sein Herz und wurde ohnmächtig.

Als er wieder zu sich kam, wollte Arkadij Gewalt-maßregeln ergreifen. Er wollte ihn gewaltsam ins Bett legen. Wassja wollte sich nicht fügen. Er weinte, rang die Hände, wollte sich wieder an die Arbeit machen, um unbedingt noch die zwei Seiten fertig zu schreiben. Um ihn nicht noch mehr aufzuregen, ließ ihn Arkadij an den Schreibtisch gehen.

»Siehst du,« sagte Wassja, während er sich vor seinen Tisch setzte, »siehst du, auch ich habe eine Idee, eine Hoffnung.«

Er lächelte Arkadij zu, und über sein blasses Ge-sicht schien wirklich etwas wie ein Hoffnungsstrahl zu huschen.

»Ich denke es mir so: ich will ihm übermorgen einen Teil der Arbeit bringen. Und wegen des Restes will ich ihm etwas vorlügen, werde sagen, dass das Übrige verbrannt ist, oder feucht geworden, oder dass

шенное... я... Аркаша, был сегодня там, у них... я ведь не входил. Мне тяжело было, горько! Я только простоял у дверей. Она играла на фортепьяно, я слушал. Видишь, Аркадий, — сказал он, понижая голос, — я не посмел войти...

— Послушай, Вася, что с тобой? Ты так на меня смотришь?

— Что? ничего? Мне немного дурно; ноги дрожат; это оттого, что я ночью сидел. Да! У меня в глазах зеленеет. У меня здесь, здесь...

Он показал на сердце. С ним сделался обморок.

Когда он пришел в себя, Аркадий хотел принять насильственные меры. Он хотел уложить его насильно в постель. Вася не согласился ни за что. Он плакал, ломал себе руки, хотел писать, хотел непременно докончить свои две страницы. Чтоб не разгорячить его, Аркадий допустил его до бумаг.

— Видишь, — сказал Вася, усаживаясь на место, — видишь, и у меня идея пришла, есть надежда.

Он улыбнулся Аркадию, и бледное лицо его действительно как будто оживилось лучом надежды.

— Вот что: я понесу ему послезавтра не всё. Про остальное солгу, скажу, что сгорело, что подмокло, что потерял... что, наконец, ну, не кончил, я лгать не могу. Я сам объясню — знаешь что? Я объясню ему всё; я скажу: так и так, не мог... я расскажу ему про любовь мою; он же сам недавно женился, он поймет меня! Я сделаю

ich es einfach verloren habe ... nun, schließlich, dass ich nicht fertig geworden bin; ich kann ja nicht lügen! Ich will ihm, weißt du, alles erklären und ihm ganz offen sagen, wie sich die Sache verhält ... Ich will ihm von meiner Liebe erzählen; er hat ja selbst vor Kurzem geheiratet, also wird er mich verstehen! Ich werde das alles natürlich in höchst ehrfurchtsvollem, bescheidenem Tone vorbringen; er wird meine Tränen sehen, und sie werden ihn rühren ...«

»Ja, gewiss, gehe nur zu ihm hin, erkläre ihm alles ... Du brauchst sogar die Tränen nicht! Wozu auch? Wassja, du hast mich wirklich mit deiner Angst angesteckt.«

»Ja, ich werde hingehen, ich werde hingehen. Und jetzt lass mich weiterschreiben, Arkascha. Ich tue ja keinem Menschen etwas, lass mich schreiben!«

Arkadij warf sich aufs Bett. Er traute Wassja nicht, er traute ihm gar nicht. Wassja war zu allem fähig. Doch um Entschuldigung bitten? – warum, wozu? Es handelte sich doch um etwas ganz anderes. Es handelte sich doch darum, dass Wassja einer übernommenen Pflicht nicht nachgekommen war, dass er sich vor sich selbst schuldig fühlte; dass er dem Schicksal gegenüber undankbar zu sein glaubte, dass er von seinem Glück erschüttert und erdrückt war und sich dieses Glücks für unwürdig hielt; und schließlich, dass das Ganze für ihn nur ein Vorwand war, während er in Wirklichkeit nach all dem Unerwarteten, das er gestern erlebt hatte, noch nicht recht zur Besinnung gekommen war. Das ist es! sagte sich Arkadij Iwanowitsch. Man muss ihn retten. Man muss ihn mit sich selbst versöhnen. Denn er selbst hat sich beinahe aufgegeben. Er dachte noch lange nach und entschloss sich endlich, sogleich zu Julian

это всё, разумеется, почтительно, тихо; он увидит слезы мои, он тронется ими...

— Да, разумеется, поди, поди к нему, объяснись... да тут и слез не нужно! Из чего? Право, Вася, ты и меня совсем запугал.

— Да, я пойду, пойду. А теперь дай мне писать, дай мне писать, Аркаша. Я никого не трону, дай мне писать!

Аркадий бросился на постель. Он не доверял Васе, решительно не доверял. Вася был способен на всё. Но просить прощения, в чем, как? Дело было не в том. Дело было в том, что Вася не исполнил обязанностей, что Вася чувствует себя виноватым сам пред собою, чувствует себя неблагодарным к судьбе, что Вася подавлен, потрясен счастием и считает себя его недостойным, что, наконец, он отыскал себе только предлог повихнуть на эту сторону, а что со вчерашнего дня еще не опомнился от своей неожиданности. «Вот что такое! — подумал Аркадий Иванович. — Нужно спасти его. Нужно помирить его с самим собою. Он сам себя отпевает». Он думал, думал да и решил немедленно идти к Юлиану Мастаковичу, завтра же идти, и рассказать ему всё.

Mastakowitsch zu gehen, vielleicht schon morgen, und ihm alles zu erzählen.

Wassja saß und schrieb. Arkadij Iwanowitsch, der sehr müde war, legte sich etwas hin, mit der Absicht, noch etwas über die Sache nachzudenken. Er schlief ein und erwachte erst gegen morgen.

»Teufel! Schon wieder!« schrie er auf. Er sah nach Wassja: dieser saß und schrieb noch immer.

Arkadij stürzte zu ihm hin, nahm ihn in seine Arme und legte ihn mit Gewalt ins Bett. Wassja lächelte; die Augen fielen ihm vor Mattigkeit zu. Er konnte kaum sprechen.

»Ich wollte mich schon selbst hinlegen,« sagte er. »Weißt du, Arkascha, was mir einfällt? Ich werde doch noch fertig werden! Ich habe das Tempo beschleunigt! Noch länger aufbleiben kann ich nicht. Wecke mich, bitte, um acht.«

Er kam nicht weiter und schlief sofort ein.

»Mawra!« sagte Arkadij Iwanowitsch ganz leise zu Mawra, die eben den Tee hereinbrachte. »Er will um acht Uhr geweckt werden. Das darf um keinen Preis geschehen! Er soll meinetwegen zehn Stunden schlafen, verstehst du?«

»Ich verstehe, Väterchen, ich verstehe, Herr!«

»Mittagessen brauchst du nicht zu kochen; du sollst dich nicht mit dem Brennholz zu schaffen machen und überhaupt nicht lärmen, – sonst wehe dir! Wenn er nach mir fragt, so sagst du ihm, ich sei in die Kanzlei gegangen. Verstehst du?«

»Ich verstehe, Väterchen. Soll er nur schlafen, soviel er mag, – was geht es mich auch an? Ich freue mich, wenn die Herren gut schlafen, und passe auf alles auf, was den Herren gehört. Und was die zerschlagene

Вася сидел и писал. Измученный Аркадий Иванович прилег, чтоб пораздумать о деле опять, и проснулся перед рассветом.

— Ай, черт! Опять! — закричал он, посмотрев на Васю; тот сидел и писал.

Аркадий бросился к нему, обхватил его и насильно уложил в постель. Вася улыбался: глаза его смыкались от слабости. Он едва мог говорить.

— Я и сам хотел лечь, — сказал он. — Знаешь, Аркадий, у меня есть идея; я кончу. Я ускорил перо! Дальше сидеть я был неспособен; разбуди меня в восемь часов.

Он не договорил и заснул как убитый.

— Мавра! — шепотом сказал Аркадий Иванович Мавре, вносившей чай, — он просил разбудить его через час. Ни под каким видом! Пусть спит хоть десять часов, понимаешь?

— Понимаю, барин-батюшка.

— Обедать не готовь, с дровами не возись, не шуми, беда тебе! Коли спросит меня, скажи, что я в должность ушел, понимаешь?

— Понимаю-ста, батюшка-барин; пусть почивает вволю, что мне! Я рада барскому сну; и барское добро берегу. А намедни, что чашку разбила и попрекать изволили, так это не я, это кошка Машка разбила, а я не догляди за ней; брысь, говорю, проклятая!

— Тсс, молчи, молчи!

Аркадий Иванович выпроводил Мавру в кухню, потребовал ключ и запер ее там на замок.

Tasse betrifft, wegen der mir die Herren neulich Vorwürfe machten, so war das nicht ich, das war die
Katze ... Ich hatte auf sie nicht acht gegeben; mach dass
du fortkommst, hab ich ihr gesagt, du Mistvieh ...«

»Pssst! Schweig, schweig!«

Arkadij Iwanowitsch geleitete Mawra in die Küche,
ließ sich den Schlüssel geben und schloss sie ein. Dann
ging er in die Kanzlei. Unterwegs überlegte er sich,
wie er vor Julian Mastakowitsch erscheinen sollte, und
ob es auch nicht unverschämt von ihm wäre? Als er in
die Kanzlei kam, fühlte er sich ziemlich unsicher; er
erkundigte sich schüchtern, ob Exzellenz schon an-
wesend sei. Man sagte ihm, Exzellenz sei nicht da und
werde heute überhaupt nicht kommen. Arkadij
Iwanowitsch wollte im ersten Augenblick sofort zu
ihm in seine Wohnung gehen; doch er sagte sich
gleich, dass Julian Mastakowitsch, wenn er zu Hause
geblieben sei, offenbar zu Hause zu tun haben müsse
... Er blieb also in der Kanzlei. Die Stunden erschienen
ihm wie Ewigkeiten. Er versuchte, unter der Hand
etwas von der Arbeit zu erfahren, mit der Julian
Mastakowitsch Wassja betraut hatte. Niemand konnte
ihm aber darüber etwas sagen. Man wusste nur, dass
Julian Mastakowitsch Wassja mit besondern Aufträgen
zu betrauen pflegte, doch was es für Aufträge waren,
das wusste niemand. Endlich schlug es drei, und
Arkadij Iwanowitsch eilte nach Hause. Wie er das Amt
verlassen wollte, hielt ihn ein Schreiber an und sagte,
dass Wassilij Petrowitsch Schumkow so gegen ein Uhr
da gewesen sei und sich erkundigt hätte, »ob Sie da
seien, und ob Julian Mastakowitsch da gewesen wäre.«
Als Arkadij Iwanowitsch das hörte, nahm er eine
Droschke und fuhr, ganz außer sich vor Angst, nach
Hause.

Потом пошел на службу. Дорогою он раздумывал, как бы ему предстать к Юлиану Мастаковичу, и ловко ли, и не дерзко ли будет?

В должность пришел он с робостью и робко осведомился, тут ли его превосходительство; ответили, что нет да и не будет. Аркадий Иванович мигом хотел идти к нему на квартиру, но весьма кстати сообразил, что если Юлиан Мастакович не приехал, так, стало быть, занят и дома. Он остался. Часы казались ему нескончаемыми. Под рукою он выведывал о деле, порученном Шумкову. Но никто не знал ничего. Знали только, что Юлиан Мастакович изволил занимать его особыми поручениями, — какими, не знал никто. Наконец пробило три часа, и Аркадий Иванович бросился домой. В прихожей остановил его один писарь и сказал, что Василий Петрович Шумков приходил, этак будет в первом часу, и спрашивал, прибавил писарь: тут ли вы и не был ли тут Юлиан Мастакович. Услышав это, Аркадий Иванович нанял извозчика и доехал домой вне себя от испуга.

Schumkow war zu Hause. Er ging in großer Aufregung auf und ab. Als er Arkadij Iwanowitsch erblickte, kam er gleichsam zur Besinnung und gab sich sichtbare Mühe, seine Aufregung zu verbergen. Er setzte sich stumm an den Schreibtisch. Er schien den Fragen seines Freundes ausweichen zu wollen, sie direkt zu fürchten. Er hatte wohl selbst irgendeinen Entschluss gefasst und zugleich beschlossen, ihn auch vor Arkadij Iwanowitsch geheim zu halten, »da er sich auch auf die Freundschaft nicht mehr verlassen konnte.« Das wirkte auf Arkadij beinahe niederschmetternd, und sein Herz krampfte sich vor schwerem, bohrendem Schmerz zusammen. Er setzte sich auf das Bett, nahm irgendein Buch in die Hand, übrigens das Einzige, das er besaß, wandte aber keinen Blick von dem armen Wassja. Dieser schwieg hartnäckig und schrieb, ohne vom Papier aufzublicken. So vergingen einige Stunden, und Arkadijs Seelenqualen steigerten sich auf das Höchste. Endlich, gegen elf Uhr, hob Wassja den Kopf und sah Arkadij mit stumpfem, starrem Blicke an. Arkadij wartete. So vergingen einige Minuten. Wassja schwieg. – »Wassja!« rief Arkadij. Wassja gab keine Antwort. – »Wassja!« rief er noch einmal und sprang vom Bette. »Wassja, was ist mit dir? Was hast du?« schrie er auf und lief zu ihm zu. Wassja hob den Kopf und richtete auf ihn wieder den gleichen stumpfen und starren Blick. »Er hat den Starrkrampf!« sagte sich Arkadij, von Grauen gepackt. Er nahm die Wasserkaraffe, hob Wassja etwas vom Stuhle, goss ihm Wasser über den Kopf, benetzte seine Schläfen und rieb seine Hände in den seinigen; und Wassja kam zu sich. – »Wassja! Wassja!« schrie Arkadij. Tränen stürzten aus seinen Augen: er konnte sich nicht mehr beherrschen. »Wassja, richte dich nicht zugrunde! Denke doch nur an ... « Er sprach den Satz

Шумков был дома. Он ходил по комнате чрезвычайно взволнованный. Взглянув на Аркадия Ивановича, он как будто тотчас оправился, одумался и поспешил скрыть свое волнение. Он молча сел за бумаги.

Казалось, он избегал вопросов своего друга, тяготился ими, сам задумал кое-что про себя и уже решился не открывать своего решения, затем что и на дружбу более нельзя положиться. Это поразило Аркадия, и сердце его изныло от тяжкой, пронзительной боли. Он сел на кровать и развернул какую-то книжонку, единственную, бывшую в его обладании, а сам не спускал глаз с бедного Васи. Но Вася упорно молчал, писал и не подымал головы. Так прошло несколько часов, и мучения Аркадия возросли до последней степени. Наконец, часу в одиннадцатом, Вася поднял голову и тупым, неподвижным взглядом посмотрел на Аркадия. Аркадий ждал. Прошло две-три минуты; Вася молчал. «Вася! — крикнул Аркадий. Вася не дал ответа. — Вася! — повторил он, вскочив с кровати. — Вася, что с тобой? Что ты?» — закричал он, подбегая к нему. Вася поднял голову и опять посмотрел на него тем же тупым, неподвижным взглядом. «На него столбняк нашел!» — подумал Аркадий, весь дрожа от испуга. Он схватил графин с водой, приподнял Васю, налил ему воды на голову, намочил виски, тер руки в своих руках, — и Вася очнулся. «Вася, Вася! — кричал Аркадий, заливаясь слезами, не удерживаясь более. — Вася, не губи себя, вспомни! вспомни!..» Он не договорил и горячо сжимал его в своих объятиях. Какое-то тягостное

nicht zu Ende. Er hielt Wassja fest in seinen Armen. Wassjas Gesicht drückte einen schweren inneren Kampf aus; er rieb sich die Stirne, griff sich an den Kopf, als fürchtete er, dass er ihm zerspringen würde.

»Ich weiß nicht, was mit mir ist!« sagte er schließlich. »Ich glaube, ich habe mich überarbeitet. Gut, gut ... Höre auf, Arkadij, jammere nicht, höre auf!« wiederholte er immer wieder, ihn mit traurigen, müden Augen anblickend. »Was beunruhigst du dich? Höre doch auf!«

»Jetzt willst du mich gar trösten!« rief Arkadij aus, dessen Herz zerriss. – »Wassja,« sagte er schließlich, »lege dich hin, versuche etwas einzuschlafen, ja? Quäle dich nicht umsonst! Es ist besser, wenn du dich später wieder an die Arbeit machst!«

»Ja, ja!« sagte Wassja, »Gut! Ich lege mich hin ... Ja, gut ... Siehst du: ich wollte die Arbeit beenden, jetzt habe ich es mir anders überlegt, ja ... «

Und Arkadij schleppte ihn zu Bett.

»Höre, Wassja,« sagte er energisch, »mit der Sache muss man doch endlich ein Ende machen! Sage mir, was du beschlossen hast.«

»Ach!« erwiderte Wassja. Er winkte schwach mit der Hand und wandte den Kopf auf die andere Seite.

»Mut, Wassja! Entschließe dich! Ich will nicht dein Henker sein, ich kann nicht länger schweigen. Du wirst doch nicht einschlafen, ehe du einen Entschluss gefasst hast, das weiß ich!«

»Wie du willst! Wie du willst!« wiederholte rätselhaft Wassja.

– Er wird schon nachgeben! – sagte sich Arkadij Iwanowitsch.

ощущение прошло по всему лицу Васи; он тер себе лоб и схватился за голову, словно боясь, что она разлетится.

— Не знаю, что это со мною! — проговорил он наконец, — я, кажется, надорвался. Ну, хорошо, хорошо! Полно, Аркадий, не печалься; полно! — повторял он, смотря на него грустным, изнеможенным взглядом, — чего беспокоиться? полно!

— Ты же, ты же меня утешаешь, — закричал Аркадий, у которого разрывалось сердце. — Вася, — сказал он наконец, — приляг, засни немножко, что? Не мучь себя понапрасну! Лучше потом опять сядешь работать!

— Да, да! — повторял Вася. — Изволь! Я лягу; хорошо; да! Видишь ли, я хотел кончить, а теперь раздумал, да...

И Аркадий утащил его на постель.

— Слушай, Вася, — сказал он твердо, — нужно окончательно решить это дело! Скажи мне, что ты задумал?

— Ах! — сказал Вася, махнув ослабевшей рукой и повернув на другую сторону голову.

— Полно, Вася, полно! Решись! Я не хочу быть убийцей твоим: я не могу больше молчать. Ты не заснешь, коль не решишься, я знаю.

— Как хочешь, как хочешь, — загадочно повторил Вася.

«Сдается!» — подумал Аркадий Иванович.

»Folge mir, Wassja,« sagte er. »Denke daran, was ich dir gesagt habe: morgen werde ich dich retten, morgen wird sich dein Schicksal entscheiden! Was sage ich – Schicksal! Du hast mir solche Angst gemacht, Wassja, dass ich nun auch mit deinen Worten spreche. Schicksal ist Unsinn! Du willst dir die Gewogenheit und meinetwegen auch die Liebe Julian Mastakowitschs erhalten, nicht wahr?! Du wirst sie dir auch erhalten, du wirst sehen ... Ich ...«

Arkadij Iwanowitsch könnte noch lange sprechen, doch Wassja unterbrach ihn. Er setzte sich im Bette etwas auf, umschlang stumm mit beiden Händen Arkadijs Hals und küsste ihn.

»Genug!« sagte er mit schwacher Stimme. »Genug! Genug davon!«

Und er kehrte seinen Kopf wieder zur Wand,

– Mein Gott! – sagte sich Arkadij – Was hat er nur? Er ist ja ganz von Sinnen. Was mag er beschlossen haben? Er wird sich ja zugrunde richten! –

Arkadij sah ihn ganz verzweifelt an.

– Wenn er doch ernsthaft erkranken würde, – dachte sich Arkadij – so wäre das vielleicht besser. Die Krankheit würde alle Sorgen verdrängen, und dann könnte man die ganze Angelegenheit sehr gut ordnen. Doch was für einen Unsinn rede ich? Ach, mein Gott ...

Wassja schien inzwischen eingeschlummert zu sein. Arkadij Iwanowitsch freute sich darüber. – Ein gutes Zeichen! – sagte er sich. Er nahm sich vor, die ganze Nacht bei Wassjas Bette zu wachen. Wassja war aber sehr unruhig. Jeden Augenblick zuckte er zusammen, warf sich im Bette hin und her und schlug immer wieder die Augen auf. Die Müdigkeit nahm schließlich doch überhand, und er schlief scheinbar

— Последуй мне, Вася, — сказал он, — вспомни, что я говорил, и я спасу тебя завтра; завтра я решу твою участь! Что я говорю, участь! Ты так напугал меня, Вася, что я сам толкую твоими словами. Какая участь! Просто вздор, пустяки! Тебе не хочется потерять расположение, любовь, если хочешь, Юлиана Мастаковича, да! И не потеряешь, увидишь... Я...

Аркадий Иванович еще долго бы говорил, но Вася прервал его. Он приподнялся на постели, молча обвил обеими руками шею Аркадия Ивановича и поцеловал его.

— Довольно! — сказал он слабым голосом, — довольно! полно об этом!

И он снова повернул к стене свою голову.

«Боже мой! — думал Аркадий, — боже мой! что с ним? Он совсем потерялся; на что он решился такое? Он погубит себя».

Аркадий смотрел на него в отчаянии.

«Если б он заболел, — думал Аркадий, — может быть, лучше бы было. С болезнью прошла бы забота, а там можно бы отличным образом уладить всё дело. Но что я вру! Ах, создатель мой!..»

Между тем Вася как будто задремал. Аркадий Иванович обрадовался. «Добрый знак!» — думал он. Он решился сидеть над ним всю ночь. Но сам Вася был неспокоен. Он поминутно вздрагивал, метался на постели и на мгновение открывал глаза. Наконец утомление взяло верх; казалось, он заснул как убитый. Было около двух часов

fest ein. Es war gegen zwei Uhr morgens. Arkadij Iwanowitsch nickte auf seinem Stuhle ein, den Ellenbogen auf den Tisch gestützt.

Sein Schlaf war unruhig, und er hatte einen sonderbaren Traum. Ihm war es, als ob er nicht schliefe, während Wassja noch immer auf dem Bette läge. Doch seltsam! Es schien ihm, dass Wassja sich nur schlafend stellte, dass er ihn hinterginge und mit halb geöffneten Augen belauerte, und sich schließlich zum Schreibtisch schliche. Ein brennender Schmerz durchzuckte Arkadij Iwanowitsch; es ärgerte ihn und war für ihn unerträglich, dass Wassja ihm misstraute und sich vor ihm in acht nahm. Er wollte ihn packen, er wollte ihn anschreien und aufs Bett zurückschleppen ... Wassja schrie aber in seinen Armen laut auf, und Arkadij trug nur seine leblose Leiche aufs Bett. Kalter Schweiß trat ihm in die Stirne, und sein Herz klopfte entsetzlich. Er schlug die Augen auf und erwachte. Wassja saß nun wirklich vor dem Tische und schrieb.

Arkadij wollte seinen Augen nicht trauen und sah auf das Bett: Wassja war nicht im Bett! Arkadij, der noch ganz im Banne seines Traumes war, sprang entsetzt auf. Wassja rührte sich nicht. Er schrieb weiter. Nun merkte Arkadij voller Entsetzen, dass Wassja mit trockener Feder über das Papier fuhr, unbeschriebene weiße Seiten umblätterte und sie in größter Hast mit unsichtbaren Zeilen füllte, so geschäftig, als ob seine Arbeit aufs Beste vorwärtsginge!

– Nein, das ist kein Starrkrampf! – sagte sich Arkadij Iwanowitsch und erzitterte an allen Gliedern. »Wassja, Wassja! Antworte mir doch!« schrie er auf, ihn an der Schulter packend. Aber Wassja schwieg und schrieb mit der trockenen Feder weiter.

утра; Аркадий Иванович задремал на стуле, облокотясь локтем на стол.

Сон его был тревожен и странен. Ему всё казалось, что он не спит и что Вася по-прежнему лежит на постели. Но странное дело! Ему казалось, что Вася притворяется, что он даже обманывает его и вот-вот встает потихоньку, наблюдая его вполглаза, и крадется за письменный стол. Жгучая боль захватывала сердце Аркадия; ему было и досадно, и грустно, и тяжело видеть Васю, который не доверяет ему, таится от него и кроется. Он хотел обхватить его, закричать, унесть на кровать... Тогда Вася вскрикивал у него на руках, и он уносил на постель один бездыханный труп. Холодный пот проступал на лбу Аркадия, сердце его страшно билось. Он открыл глаза и проснулся. Вася сидел перед ним за столом и писал.

Не доверяя чувствам своим, Аркадий взглянул на постель: там не было Васи. Аркадий вскочил в испуге, еще под влиянием своих сновидений. Вася не шелохнулся. Он всё писал. Вдруг Аркадий с ужасом заметил, что Вася водит по бумаге сухим пером, перевертывает совсем белые страницы и спешит, спешит наполнить бумагу, как будто он делает отличнейшим и успешнейшим образом дело! «Нет, это не столбняк! — подумал Аркадий Иванович и затрясся всем телом. — Вася, Вася! откликнись же мне!» — закричал он, схватив его за плечо. Но Вася молчал и по-прежнему продолжал строчить сухим пером по бумаге.

»Endlich habe ich das Tempo beschleunigt!« sagte er, ohne Arkadij anzublicken.

Arkadij packte seine Hände und entriss ihm die Feder.

Ein Stöhnen drang aus Wassjas Brust. Er ließ die Rechte sinken und blickte Arkadij an; dann fuhr er sich mit gequältem Ausdruck über die Stirne, als wollte er sich einer schweren, bleienen Last entledigen, die sein ganzes Wesen bedrückte; schließlich ließ er seinen Kopf leise, gleichsam nachdenklich auf die Brust fallen.

»Wassja! Wassja!« schrie Arkadij Iwanowitsch verzweifelnd, »Wassja!«

Nach einer Minute sah ihn Wassja wieder an. Seine großen, blauen Augen schwammen in Tränen, und sein blasses, sanftes Gesicht drückte unerträgliche Qual aus ... Er flüsterte etwas vor sich hin.

»Was? Was?« rief Arkadij, sich über ihn beugend.

»Womit ... Womit hab ich es verdient?« flüsterte Wassja, »Wofür? Was habe ich getan?«

»Wassja! Was hast du? Was fürchtest du? Was?« schrie Arkadij verzweifelnd und sich die Hände ringend.

»Warum muss ich unter die Soldaten gesteckt werden?« fragte Wassja und blickte seinem Freunde gerade in die Augen. »Wofür? Was habe ich getan?«

Arkadij standen die Haare zu Berge; er traute seinen Sinnen nicht. Er stand vor seinem Freunde ganz vernichtet.

Im nächsten Augenblick kam er zur Besinnung. – Das ist nichts, das geht bald vorüber! – sagte er sich, noch immer bleich, mit blauen, zitternden Lippen. Er begann sich, hastig anzukleiden, um nach einem Arzt

— Наконец я ускорил перо, — проговорил он, не подымая головы на Аркадия.

Аркадий схватил его за руку и вырвал перо.

Стон вырвался из груди Васи. Он опустил руку и поднял глаза на Аркадия, потом с томительно-тоскливым чувством провел рукою по лбу, как будто желая снять с себя какой-то тяжелый, свинцовый груз, налегший на всё существо его, и тихо, как будто в раздумье, опустил на грудь голову.

— Вася, Вася! — вскричал Аркадий Иванович в отчаянии. — Вася!

Через минуту Вася посмотрел на него. Слезы стояли в его больших голубых глазах, и бледное кроткое лицо его выразило бесконечную муку... Он что-то шептал.

— Что, что? — закричал Аркадий, наклоняясь к нему.

— За что же, за что меня? — шептал Вася. — За что? Что я сделал?

— Вася! Что ты? Чего ты боишься, Вася? Чего? — закричал Аркадий, ломая руки в отчаянии.

— За что ж меня в солдаты-то отдавать? — сказал Вася, посмотрев прямо в глаза своего друга. — За что? Что я сделал?

Волосы стали дыбом на голове Аркадия; он не хотел верить. Он стоял над ним как убитый.

Через минуту он опомнился. «Это так, это минутное!» — говорил он про себя, весь бледный, с дрожащими, посинелыми губами, и бросился одеваться. Он хотел бежать прямо за док-

zu laufen. Plötzlich rief ihn Wassja beim Namen. Arkadij stürzte zu ihm hin und umarmte ihn, wie eine Mutter, der man ihr Kind entreißen will ...

»Arkadij, Arkadij, sage es niemandem! Hörst du? Es ist mein Unglück, und ich will es allein tragen ...« »Was sagst du? Was sagst du? Wassja, besinne dich doch!«

Wassja seufzte tief auf, und Tränen liefen ihm über die Wangen.

»Warum soll man sie umbringen? Was hat denn sie verbrochen?« keuchte Wassja herzzerreißend. »Es ist meine Sünde, meine Sünde!«

Er schwieg eine Weile.

»Lebe wohl, Geliebte! Lebe wohl, mein Schatz!« flüsterte er, und bewegte seinen armen Kopf hin und her ... Arkadij fuhr auf, nahm sich zusammen und wollte wieder zum Arzt ... »Gehen wir! Es ist Zeit!« schrie Wassja auf, der diese Bewegung Arkadijs missverstand. »Gehen wir, Freund, gehen wir, ich bin bereit ... Begleite mich!« Er verstummte und warf Arkadij einen fast leblosen, tief unglücklichen und misstrauischen Blick zu.

»Wassja! Um Gottes willen! Bleibe hier! Erwarte mich hier, ich komme bald zurück! Ich komme sofort zu dir zurück,« sagte Arkadij, der selbst den Kopf verloren hatte. Er griff nach seiner Mütze, um zum Arzt zu laufen. Wassja setzte sich plötzlich auf. Er schien still und folgsam, doch in seinen Augen brannte eine verzweifelte Entschlossenheit. Arkadij kehrte noch einmal um, nahm vom Tisch ein offenes Federmesser weg, warf noch einen Blick auf den Ärmsten und lief hinaus.

тором. Вдруг Вася кликнул его; Аркадий бросился на него и обнял его, как мать, у которой отнимают родное дитя...

— Аркадий, Аркадий, не говори никому! слышишь; моя беда! Пусть я один и несу...

— Что ты? Что ты? Опомнись, Вася, опомнись! Вася вздохнул, и тихие слезы заструились по щекам его.

— За что же ее убивать? Чем же она, чем же она виновата!.. — проворчал он мучительным, раздирающим душу голосом. — Мой грех, мой грех!..

Он замолчал на минуту.

— Прощай, моя люба! Прощай, моя люба! — шептал он, качая бедной своей головою. Аркадий вздрогнул, очнулся и хотел броситься за доктором. — Идем! Пора! — закричал Вася, увлекшись последним движением Аркадия. — Идем, брат, идем; я готов! Ты меня проводи! — Он замолчал и взглянул на Аркадия убитым, недоверчивым взглядом.

— Вася, не ходи за мной, ради бога! Подожди меня здесь. Я сейчас, сейчас ворочусь к тебе, — говорил Аркадий Иванович, сам теряя голову и схватив фуражку, чтобы бежать за доктором. Вася уселся тотчас; он был тих и послушен, только в глазах его сияла какая-то отчаянная решимость. Аркадий воротился, схватил со стола разогнутый перочинный ножичек, последний раз взглянул на беднягу и выбежал из квартиры.

Es war nach sieben Uhr morgens. Das Tageslicht hatte bereits die Dämmerung im Zimmer verscheucht.

Arkadij konnte keinen Arzt finden. Er lief schon eine ganze Stunde herum. Er befragte jeden Hausknecht, der vor einem Haustore stand, ob in dem Hause nicht ein Arzt wohne. Doch alle Ärzte, deren Adressen er auf diese Weise erfuhr, waren schon ausgefahren: entweder, um ihre Kranken zu besuchen, oder in privaten Angelegenheiten. Endlich fand er einen, der gerade Sprechstunde hatte. Dieser fragte seinen Diener, der ihm den Beamten Nefedewitsch meldete, lange und umständlich aus: Von wem er geschickt sei, und wer der Herr sei, und was er wolle und sogar wie er aussehe, – und sagte schließlich, dass er unmöglich hinfahren könne, weil er ohnehin viel zu tun habe, und dass man einen Kranken dieser Art in ein Spital bringen müsse.

Arkadij, der einen solchen Misserfolg nicht erwartet hatte und ganz verzweifelt und erschüttert war, gab alles auf, verzichtete auf alle Ärzte, die es nur in der Welt gab, und begab sich eilig nach Hause, in höchster Angst um Wassja. Er rannte die Treppe hinauf und kam in die Wohnung. Mawra kehrte den Fußboden, als ob nichts geschehen wäre, und spaltete Holz, um den Ofen einzuheizen. Er stürzte ins Zimmer: Wassja war fort.

– Wohin? Wohin mag er weggelaufen sein, der Unglückliche? – fragte sich Arkadij, vor Schreck erstarrend. Er begann Mawra auszufragen. Diese wusste von nichts und hatte nicht einmal gehört, wie Wassja weggegangen war. – »Gott sei ihm gnädig!« Nefedewitsch lief nach der Kolomna-Vorstadt.

Es fiel ihm, Gott weiß warum, ein, dass Wassja dort sein müsse.

Был восьмой час. Свет уже давно разогнал сумерки в комнате.

Он не нашел никого. Он бегал уже целый час. Все доктора, адресы которых узнавал он у дворников, наведываясь, не живет ли хоть какой-нибудь доктор в доме, уже уехали, кто по службе, кто по своим делам. Был один, который принимал пациентов. Он долго и подробно расспрашивал слугу, доложившего, что пришел Нефедевич: от кого, кто и как, по какой надобности и как даже будет приметами ранний посетитель? — и заключил тем, что нельзя, дела много и ехать не может, а что такого рода больных нужно в больницу везти.

Тогда убитый, потрясенный Аркадий, никак не ожидавший подобной развязки, бросил всё, всех докторов на свете, и пустился домой, в последней степени испуга за Васю. Он вбежал в квартиру. Мавра, как ни в чем не бывала, мела пол, ломала лучинки и готовилась печь топить. Он в комнату — Васи и след простыл: он ушел со двора.

«Куда? Где? Куда побежит несчастный?» — подумал Аркадий, леденея от ужаса. Он начал допрашивать Мавру. Та ничего не знала, не ведала, да и не слыхала, как вышел, прости его господи! Нефедевич бросился к коломенским.

Ему, бог знает отчего, пришло на мысль, что он там.

Es war schon gegen zehn Uhr, als er zu den Artemjews kam. Man hatte ihn nicht erwartet und wusste von nichts. Er stand vor ihnen erschrocken und erschüttert und fragte: Wo ist Wassja? Die alte Mutter fiel vor Entsetzen auf das Sofa hin. Lisa, die am ganzen Leibe zitterte, begann ihn auszufragen, was eigentlich geschehen sei. Was konnte er ihr sagen? Arkadij Iwanowitsch fertigte sie so schnell als möglich ab, indem er irgendeine Fabel auftischte, an die natürlich niemand glaubte; er lief fort und ließ beide Frauen erschüttert und außer sich vor Angst zurück. Er eilte in seine Kanzlei, um den Beginn der Amtsstunden nicht zu versäumen und den Vorfall mit Wassja zu melden, damit man unverzüglich Maßregeln ergreife. Unterwegs fiel ihm aber ein, dass Wassja bei Julian Mastakowitsch sein könne. Das war wohl das Wahrscheinlichste! Arkadij hatte noch vor seinem Besuch bei den Artemjews an diese Möglichkeit gedacht. Als er am Hause seiner Exzellenz vorbeifuhr, wollte er die Droschke anhalten lassen, überlegte sich aber die Sache, und befahl dem Kutscher, weiterzufahren. Er beschloss, sich vorher in der Kanzlei zu erkundigen, ob dort irgendetwas Besonderes vorgefallen sei, und dann erst zu Julian Mastakowitsch zu gehen, um über Wassja Bericht zu erstatten. Jemand musste doch den Bericht erstatten!

Schon im Vorzimmer umringten ihn seine jüngeren Kollegen, die fast alle im gleichen Rang mit ihm standen, und begannen ihn wie ein Mann auszufragen, was mit Wassja geschehen sei? Und alle berichteten einstimmig, dass Wassja verrückt geworden sei und sich eingebildet hätte, man wolle ihn für eine Nachlässigkeit im Dienste unter die Soldaten stecken. Arkadij Iwanowitsch beantwortete alle Fragen, die ihm gestellt wurden, oder richtiger, antwortete

Был уже десятый час, как он приехал туда. Там его не ждали, ничего не знали, не ведали. Он стоял перед ними испуганный, расстроенный и спрашивал, где Вася? У старухи подломились ноги; она рухнулась на диван. Лизанька, вся дрожа от испуга, начала расспрашивать о случившемся. Что было говорить? Аркадий Иванович отделался наскоро, выдумал какую-то басню, которой, разумеется, не поверили, и убежал, оставив всех потрясенными, измученными. Он бросился в свое ведомство, чтоб по крайней мере не опоздать и дать знать туда, чтоб поскорее приняли меры. Дорогою ему вздумалось, что Вася у Юлиана Мастаковича. Это было вернее всего: Аркадий прежде всего, прежде коломенских, подумал об этом. Проезжая мимо дома его превосходительства, он хотел остановиться, но тотчас же велел продолжать путь далее. Он решился попытаться узнать: нет ли чего в ведомстве, и потом, как уж там не найдет, явиться к его превосходительству по крайней мере в качестве рапортующего об Васе. Кому-нибудь нужно же было рапортовать!

Еще в приемной окружили его товарищи помоложе, все большею частию ему равные чином, и в один голос стали расспрашивать, что сделалось с Васей? Все они в то же время говорили, что Вася с ума сошел и помешался на том, что его в солдаты хотят отдать за неисправное исполнение дела. Аркадий Иванович отвечал на все стороны или, лучше сказать, не отвечая положительно никому, стремился во внутренние покои. На дороге узнал он, что Вася в кабинете

niemandem etwas Bestimmtes und eilte in die inneren Gemächer des Dienstgebäudes. Unterwegs erfuhr er, dass Wassja sich im Arbeitszimmer Julian Mastakowitschs befinde und dass alle Beamten mit Esper Iwanowitsch an der Spitze sich ebenfalls dorthin begeben hätten. Er blieb stehen. Einer der Vorgesetzten fragte ihn, wohin er wolle und was er wünsche? Ohne den Vorgesetzten zu erkennen, sagte er ihm irgendetwas über Wassja und lief geradewegs zum Arbeitszimmer, aus dem die Stimme Julian Mastakowitschs drang. Dicht vor der Türe fragte ihn jemand: »Wo wollen Sie hin?« Arkadij Iwanowitsch wurde verlegen und wollte schon umkehren, als er plötzlich durch die halb geöffnete Türe den armen Wassja erblickte. Er drängte sich in das Zimmer hinein. Julian Mastakowitsch schien in großer Aufregung zu sein, und deshalb herrschte im Zimmer allgemeine Verwirrung. Um Julian Mastakowitsch scharten sich alle höheren Beamten; sie besprachen den Fall, konnten aber zu keinem Ergebnis kommen. In einiger Entfernung stand Wassja. Als Arkadij ihn erblickte, krampfte sich sein Herz zusammen. Wassja stand ganz bleich da, mit erhobenem Kopf, in militärischer Haltung, die Hände an der Hosennaht, wie ein Rekrut vor seinem neuen Vorgesetzten. Er blickte Julian Mastakowitsch gerade in die Augen. Arkadij Iwanowitsch wurde sofort bemerkt, und jemand meldete seiner Exzellenz, dass er Zimmergenosse Wassjas sei. Arkadij musste vortreten. Er wollte die Fragen, die man ihm vorlegte, beantworten, doch als er Julian Mastakowitsch anblickte und in seinem Gesicht den Ausdruck aufrichtigen Mitleids sah, erzitterte er am ganzen Körper und begann wie ein Kind zu schluchzen. Er tat noch mehr: er ergriff die Hand des Vorgesetzten, drückte sie an seine Augen

Юлиана Мастаковича, что туда все пошли и что Эспер Иванович тоже туда пошел. Он было приостановился. Кто-то из старших спросил его, куда он и что ему надо? Не отличив лица, он проговорил что-то об Васе и пошел прямо в кабинет. Оттуда уже слышался голос Юлиана Мастаковича. «Куда вы?» — спросил его кто-то у самых дверей. Аркадий Иванович почти потерялся; он уже хотел было воротиться, но из-за приотворенной двери увидел своего бедного Васю. Он отворил и протеснился кое-как в комнату. Там царствовала суматоха и недоумение, затем что Юлиан Мастакович был, по-видимому, в сильном огорчении. Около него стояли все, кто поважнее, толковали и не решили ровно ничего. Поодаль стоял Вася. Всё замерло в груди Аркадия, когда он взглянул на него. Вася стоял бледный, с поднятой головой, вытянувшись в нитку и опустив руки по швам. Он глядел прямо в глаза Юлиану Мастаковичу. Тотчас заметили Нефедевича, и кто-то, знавший, что они сожители, доложил о том его превосходительству. Аркадия подвели. Он хотел что-то ответить на предложенные вопросы, взглянул на Юлиана Мастаковича и, видя, что на лице его изобразилась истинная жалость, затрясся и зарыдал как ребенок. Он даже сделал более: бросился, схватил руку начальника и поднес к глазам своим, омывая ее слезами, так что даже сам Юлиан Мастакович принужден был отнять ее наскоро, махнуть ею по воздуху и сказать: «Ну, полно, брат, полно; вижу, что у тебя доброе сердце». Аркадий рыдал и бросал на всех умоляющие взгляды. Ему каза-

und benetzte sie mit Tränen, sodass Julian Mastakowitsch genötigt war, die Hand zurückzuziehen, mit ihr durch die Luft zu fahren und zu sagen: »Genug, mein Bester, genug! Ich sehe, dass du ein gutes Herz hast.« Arkadij schluchzte weiter und warf allen Anwesenden flehende Blicke zu. Es war ihm, als ob sie sich alle als Brüder seines unglücklichen Wassja fühlten, sich in Gram um ihn verzehrten und ihn beweinten. »Wie ist denn das geschehen?« fragte Julian Mastakowitsch: »Wieso hat er den Verstand verloren?«

»Aus Dank – dankbarkeit!« brachte Arkadij Iwanowitsch stotternd hervor.

Alle waren erstaunt, als sie diese Antwort hörten, und es erschien ihnen sonderbar und unwahrscheinlich, dass ein Mensch aus Dankbarkeit den Verstand verlieren könne. Arkadij erklärte so gut er konnte den Sachverhalt.

»Mein Gott, wie schade!« sagte schließlich Julian Mastakowitsch, »und dabei war die Arbeit, mit der ich ihn betraut habe, weder besonders wichtig noch dringend. So ist der Mensch wegen nichts zugrunde gegangen! Nun, man muss ihn ins Irrenhaus schaffen! ...« Jetzt wandte sich Julian Mastakowitsch wieder an Arkadij und begann ihn von Neuem auszufragen. »Er bittet,« sagte er auf Wassja zeigend, »dass man irgendeinem jungen Mädchen nichts davon erzähle ... Ist es seine Braut?«

Arkadij erklärte ihm alles. Wassja schien angestrengt über etwas nachzudenken, oder sich auf eine sehr wichtige Sache besinnen zu wollen, die ihm in diesem Augenblick nützlich sein könnte. Zuweilen ließ er seinen gequälten Blick in der Runde schweifen, als erwartete er, dass ihn irgendjemand an das Vergessene erinnern würde. Dann heftete er seinen Blick auf

лось, что все братья его бедному Васе, что все они тоже терзаются и плачут об нем. «Как же это, как же это с ним сделалось? — говорил Юлиан Мастакович. — Отчего же он с ума сошел?»

— От бла-благо-дарности! — мог только выговорить Аркадий Иванович.

Все выслушали ответ его в недоумении, и всем показалось странным и невероятным: как же это так может из благодарности сойти с ума человек? Аркадий объяснился как умел.

— Боже, как жаль! — проговорил наконец Юлиан Мастакович. — И дело-то, порученное ему, было неважное и вовсе не спешное. Так-таки, не из-за чего, погиб человек! Что ж, отвести его!.. — Тут Юлиан Мастакович обратился снова к Аркадию Ивановичу и снова начал его расспрашивать. — Он просит, — сказал он, указав на Васю, — чтоб не говорили об этом какой-то девушке; что она, невеста, что ли, его?

Аркадий стал объяснять. Между тем Вася как будто думал о чем-то, как будто с величайшим напряжением припоминал одну важную, нужную вещь, которая вот именно теперь бы и пригодилась.

Порой он страдальчески поводил глазами, как будто надеялся, что кто-нибудь напомнит ему про то, что забыл он. Он устремился глазами на Аркадия.

Arkadij. Endlich schimmerte in seinen Augen etwas wie Hoffnung auf; mit dem linken Fuß vortretend, machte er drei Schritte auf Julian Mastakowitsch zu, so militärisch stramm, wie er es nur konnte und schlug, stehen bleibend, die Hacken zusammen, wie es die Soldaten tun, wenn sie auf einen Offizier zugehen, der sie angerufen hat. Alle erwarteten gespannt, was jetzt kommen würde.

»Ich habe ein körperliches Gebrechen, Exzellenz, ich bin klein gewachsen und schwach, und tauge nicht zum Militärdienst,« sagte er kurz und trocken.

Alle, die im Zimmer waren, alle ohne Ausnahme, hatten in diesem Augenblick das Gefühl, als ob ihnen jemand das Herz zusammenpresste, und auch Julian Mastakowitsch, der ja sonst durchaus nicht weichherzig war, vergoss einige Tränen. »Führt ihn weg!« sagte er und winkte mit der Hand ab.

»Also tauglich!« sagte Wassja halblaut, machte linksum kehrt und verließ das Zimmer. Alle, die sich für sein Schicksal interessierten, stürzten ihm nach. Arkadij drängte sich mit den Übrigen um Wassja, den man, in Erwartung der offiziellen Verfügung und eines Wagens, der ihn ins Spital bringen sollte, im Vorräume auf einen Stuhl gesetzt hatte. Er saß schweigend da und schien in größter Sorge zu sein. Sobald er jemanden erkannte, nickte er ihm, gleichsam Abschied nehmend, zu. Er sah jeden Augenblick nach der Türe und wartete wohl, dass jemand sagte: »Nun ist es Zeit!« Alle standen dicht um ihn gedrängt; alle schüttelten den Kopf, alle jammerten. Viele drückten ihr Erstaunen über die Geschichte aus, die ganz plötzlich allen bekannt geworden war. Die einen besprachen eingehend den Fall, die anderen bemitleideten Wassja und lobten ihn; sie sagten, er sei ein

Наконец, вдруг, как будто надежда блеснула в глазах его, он двинулся с места с левой ноги, ступил три шага как только мог ловче и даже пристукнул правым сапогом, как делают солдаты, подойдя к подозвавшему их офицеру. Все ожидали, что будет.

— Я с телесным недостатком, ваше превосходительство, слабосилен и мал, не гожусь на службу, — сказал он отрывисто.

Тут все, кто ни были в комнате, все почувствовали, как будто кто-нибудь сжал им сердце, и даже как ни тверд был характером Юлиан Мастакович, но слеза потекла из глаз его. «Уведите его», — сказал он, махнув рукою.

— Лоб! — сказал Вася вполголоса, повернулся налево кругом и вышел из комнаты. За ним бросились все, кого интересовала его участь. Аркадий теснился за прочими. Васю усадили в приемной в ожидании предписания и кареты, чтоб отвезти его в больницу. Он сидел молча и был, казалось, в чрезвычайной заботе. Кого узнавал, тому кивал головою, как будто прощаясь с ним. Он поминутно оглядывался на дверь и готовился, когда скажут: «пора». Кругом его столпился тесный кружок; все покачивали головами, все сетовали.

Многих поразила его история, которая уже вдруг сделалась известною; одни рассуждали, другие жалели и хвалили Васю, говорили, что был такой скромный, тихий молодой человек, что обещал так много; рассказывали, как он старался учиться, был любознателен, стремился

so bescheidener, stiller und vielversprechender junger Mann gewesen; man erzählte sich, wie strebsam und lernbegierig er gewesen sei, wie er nach Bildung und Wissen lechzte. »Mit eigener Kraft hat er sich aus niederem Stande emporgearbeitet!« bemerkte jemand. Man sprach mit Rührung von der Sympathie, die ihm seine Exzellenz entgegenbrachte. Einige versuchten eine Erklärung dafür zu finden, dass Wassja gerade darauf verfallen war, dass man ihn unter die Soldaten stecken würde, falls er seine Arbeit nicht beendete. Man erzählte sich, dass der Ärmste erst vor Kurzem, dank der Verwendung Julian Mastakowitschs, der in ihm Talent, Gehorsam und einen ungewöhnlich sanften Charakter entdeckt hatte, aus dem Klein- bürgerstande, dem er angehörte, in die erste Beamten- klasse eingereiht worden war. Es gab mit einem Worte sehr viele Ansichten und Meinungen. Unter denen, die das Geschehnis besonders erschüttert hatte, machte sich ein auffallend klein gewachsener Kollege Wassja Schumkows bemerkbar. Er war durchaus nicht mehr jung, sondern so in den Dreißigern. Er war kreide- blass, zitterte am ganzen Körper und lächelte sehr sonderbar, vielleicht deswegen, weil jeder Skandal und jeder Unglücksfall den unbeteiligten Zuschauer nicht nur erschreckt, sondern zugleich auch irgendwie erfreut. Er lief immer um den Kreis herum, der sich um Wassja gebildet hatte, stellte sich, da er klein ge- wachsen war, auf die Zehenspitzen, fasste jeden, der ihm in den Weg kam, am Rockknopf, d. h. nicht jeden, sondern nur diejenigen, bei denen er sich das erlauben durfte, und sagte, dass er ganz genau wisse, wie alles gekommen sei, dass der Fall durchaus nicht so einfach, sondern sehr schwierig sei und dass man ihn nicht als erledigt ansehen dürfe. Dann stellte er sich wieder auf die Zehenspitzen, flüsterte seinem Zuhörer etwas ins

образовать себя. «Собственными силами вышел из низкого состояния!» — заметил кто-то. С умилением говорили о привязанности к нему его превосходительства. Некоторые пустились объяснять, почему именно пришло в голову Васе и он на том помешался, что его отдадут в солдаты за то, что не кончил работы. Говорили, что бедняк недавно из податного звания и только по ходатайству Юлиана Мастаковича, умевшего отличить в нем талант, послушание и редкую кротость, получил первый чин. Одним словом, очень много было разных толков и мнений. В особенности, из потрясенных, заметен был один, очень маленький ростом, сослуживец Васи Шумкова. И не то чтобы-таки был совсем молодой человек, а примерно лет уже тридцати. Он был бледен как полотно, дрожал всем телом и как-то странно улыбался — может быть, потому, что всякое скандалезное дельце или ужасная сцена и пугает, и вместе с тем как-то несколько радует постороннего зрителя. Он поминутно обегал весь кружок, обступивший Шумкова, и так как был мал, то становился на цыпочки, хватал за пуговицу встречного и поперечного, то есть из тех, кого имел право хватать, и всё говорил, что он знает, отчего это всё, что это не то чтобы простое, а довольно важное дело, что так оставить нельзя; потом опять становился на цыпочки, нашептывал на ухо слушателю, опять кивал раза два головою и снова перебегал далее. Наконец кончилось всё: явился сторож, фельдшер из больницы, подошли к Васе и сказали ему, что пора ехать. Он вскочил, засуетился и пошел с

Ohr, nickte mit dem Kopf und lief zu seinem nächsten Kollegen. Endlich fand die Szene ihren Abschluss: Ein Amtsdiener und ein Heilgehilfe gingen auf Wassja zu und sagten ihm, dass es nun Zeit sei, aufzubrechen. Er sprang in großer Unruhe auf und folgte ihnen, sich immer im Kreise umsehend. Er suchte jemand mit den Augen! »Wassja! Wassja!« rief Arkadij Iwanowitsch schluchzend. Wassja blieb stehen, und Arkadij Iwanowitsch drängte sich zu ihm heran. Sie fielen sich zum letzten Mal in die Arme und umklammerten einander schwer und fest. Es war ein trauriger Anblick. Welch ein fantastisches Schicksal presste aus ihren Augen diese Tränenfluten! Worüber weinten sie? Wo lag das Unglück? Warum konnten sie einander nicht verstehen?

»Da, nimm es, nimm es! Bewahre es auf!« sagte Schumkow und drückte Arkadij ein Stück Papier in die Hand. »Sonst werden sie es mir noch fortnehmen. Du kannst es mir später bringen, ja bringe es mir später! Verwahre es ...« Wassja kam nicht weiter, denn er wurde gerufen. Er lief schnell die Treppe hinunter und nickte allen zum Abschied zu. Sein Gesicht drückte Verzweiflung aus. Schließlich setzte man ihn in eine Kutsche, und die Kutsche rollte davon. Arkadij öffnete hastig das Papier: es war die schwarze Locke Lisas, die Schumkow bei sich getragen hatte. Heiße Tränen traten Arkadij in die Augen: »Ach, arme Lisa!«

Nach Schluss der Kanzleistunden ging er nach der Kolomna-Vorstadt. Es ist gar nicht zu beschreiben, was dort vorging! Selbst Petja, der kleine Petja, der nicht recht verstehen konnte, was mit dem guten Wassja geschehen war, ging in eine Ecke, bedeckte sein Gesicht mit seinen kleinen Händen und begann aus vollem Kinderherzen zu schluchzen. Es dämmerte bereits, als Arkadij nach Hause ging.

ними, оглядываясь кругом. Он искал кого-то глазами! «Вася! Вася!» — закричал, рыдая, Аркадий Иванович. Вася остановился, и Аркадий-таки протеснился к нему. Они бросились в последний раз друг другу в объятия и тяжело сжали друг друга... Грустно было их видеть. Какое химерическое несчастие вырывало слезы из глаз их? Об чем они плакали? Где эта беда? Зачем они не понимали друг друга?..

— На, на, возьми! Сбереги это, — говорил Шумков, всовывая какую-то бумажку в руку Аркадия. — Они у меня унесут. Принеси мне потом, принеси; сбереги... — Вася не договорил, его кликнули. Он поспешно сбежал с лестницы кивая всем головою, прощаясь со всеми. Отчаяние было на лице его. Наконец усадили его в карету и повезли. Аркадий поспешно развернул бумажку: это был локон черных волос Лизы, с которыми не расставался Шумков. Горячие слезы брызнули из глаз Аркадия. «Ах, бедная Лиза!»

По окончании служебного времени он пошел к коломенским. Нечего говорить, что там было! Даже Петя, малютка Петя, не совсем понявший, что сделалось с добрым Васей, зашел в угол, закрылся ручонками и зарыдал во сколько стало его детского сердца. Были уже полные сумерки, когда Аркадий возвращался домой.

Am Newa-Kai blieb er für eine Weile stehen und warf einen durchdringenden Blick den Fluss entlang in die nebelige frostige Ferne, die im letzten Abglanz des Abendrots, das am grauen Horizont erstarb, in blutigem Purpur schwamm. Die Nacht senkte sich über die Stadt, und auf der ganzen weiten, vom hart gefrorenen Schnee angeschwollenen Fläche der Newa funkelten in den letzten Sonnenstrahlen unzählige Myriaden von Eisnadeln. Der Frost erreichte zwanzig Grad. Milchweißer Dampf stieg von den müde gehetzten Pferden und den laufenden Menschen auf. Die eisige Luft erzitterte vom leisesten Geräusch, und wie Riesen erhoben sich von allen Dächern auf beiden Seiten des Stromes Rauchsäulen in den kalten Himmel; sie flochten sich ineinander und lösten sich wieder, sodass über den alten Gebäuden neue entstanden, und sich in der Luft eine neue Stadt türmte ... Es war, als ob diese ganze Welt, mit allen ihren Bewohnern, den Mächtigen und den Geringen, mit allen ihren Behausungen, den Bettlerherbergen und den goldstrotzenden Palästen – der Freude der Mächtigen der Erde, sich in dieser Dämmerstunde in einen fantastischen Märchentraum verwandelte, der jeden Augenblick entschwinden und sich im dunkelblauen Himmel als Rauch auflösen würde. Ein sonderbares Gefühl ergriff den verwaisten Freund des armen Wassja. Er fuhr zusammen, und über sein Herz ergoss sich plötzlich eine heiße Blutwelle, die von einem starken, ihm bis jetzt unbekannten Gefühl aufgepeitscht war. Erst jetzt begriff er den Sinn der ganzen Unruhe, und warum der arme Wassja, der sein Glück nicht tragen konnte, den Verstand verloren hatte. Seine Lippen zitterten, in seinen Augen brannte ein Feuer, er erblasste, und es war ihm, als ob er jetzt eine neue Erkenntnis gewonnen hätte ...

Подойдя к Неве, он остановился на минуту и бросил пронзительный взгляд вдоль реки в дымную, морозно-мутную даль, вдруг заалевшую последним пурпуром кровавой зари, догоравшей в мгляном небосклоне. Ночь ложилась над городом, и вся необъятная, вспухшая от замерзшего снега поляна Невы, с последним отблеском солнца, осыпалась бесконечными мириадами искр иглистого инея. Становился мороз в двадцать градусов. Мерзлый пар валил с загнанных насмерть лошадей, с бегущих людей. Сжатый воздух дрожал от малейшего звука, и, словно великаны, со всех кровель обеих набережных подымались и неслись вверх по холодному небу столпы дыма, сплетаясь и расплетаясь в дороге, так что, казалось, новые здания вставали над старыми, новый город складывался в воздухе... Казалось, наконец, что весь этот мир, со всеми жильцами его, сильными и слабыми, со всеми жилищами их, приютами нищих или раззолоченными палатами — отрадой сильных мира сего, в этот сумеречный час походит на фантастическую, волшебную грезу, на сон, который в свою очередь тотчас исчезнет и искурится паром к темно-синему небу. Какая-то странная дума посетила осиротелого товарища бедного Васи. Он вздрогнул, и сердце его как будто облилось в это мгновение горячим ключом крови, вдруг вскипевшей от прилива какого-то могучего, но доселе не знакомого ему ощущения. Он как будто только теперь понял всю эту тревогу и узнал, отчего сошел с ума его бедный, не вынесший своего счастия Вася. Губы его задрожали,

Von nun an wurde er schweigsam und verschlossen und verlor seine ganze frühere Fröhlichkeit. Die alte Wohnung wurde ihm unerträglich, und er zog in eine neue. Zu den Artemjews wollte er nicht mehr gehen; er konnte es einfach nicht. Nach zwei Jahren traf er einmal Lisa in einer Kirche. Sie war verheiratet, und ihr folgte die Amme mit ihrem Kinde. Sie begrüßten einander und vermieden es anfangs, vom Vergangenen zu sprechen. Lisa erzählte, dass sie, Gott sei Dank, glücklich sei, dass ihr Mann ein vermögender und auch guter Mensch sei, den sie liebe ... Doch plötzlich, mitten in der Rede, füllten sich ihre Augen mit Tränen, ihre Stimme versagte, sie wandte sich ab und kniete nieder, um ihren Kummer vor den Menschen zu verbergen ...

глаза вспыхнули, он побледнел и как будто прозрел во что-то новое в эту минуту...

Он сделался скучен и угрюм и потерял всю свою веселость. Прежняя квартира стала ему ненавистна — он взял другую. К коломенским идти он не хотел, да и не мог. Через два года он встретил Лизаньку в церкви. Она была уже замужем; за нею шла мамка с грудным ребенком. Они поздоровались и долгое время избегали разговора о старом. Лиза сказала, что она, слава богу, счастлива, что она не бедна, что муж ее добрый человек, которого она любит... Но вдруг, среди речи, глаза ее наполнились слезами, голос упал, она отвернулась и склонилась на церковный помост, чтоб скрыть от людей свое горе...

www.ingramcontent.com/pod-product-compliance
Lightning Source LLC
Chambersburg PA
CBHW060555100726
47907CB00005B/1362